KB166378

5

소꿉친구가 절대로 지지 않는 러브 코미디

[글] 니마루 슈이치

OSANANAJIMI GA ZETTAI NI
MAKENAI
LOVE COMEDY

SHUICHI NIMARU

[그림] 시구레 우이

CONTENTS ❌ 💛 ♣

팬클럽 회장에는
세 사람의 천적이 취임?!

◀ NAME
에스카와 토카

학생회 부회장으로
쿠로하와는 친구 사이.
스에하루 팬클럽을 관리하기 위해
팬클럽 회장이 되었다.

PROFILE
NAME
시다 아카네
두뇌 명석하고
무슨 일이든 몰두하기
쉬운 성격인
시다가의 넷째.
아오이의
쌍둥이 여동생.
NAME
시다 미도리
키가 크고
운동 신경도
좋지만
성격이 거친
시다가의 차녀.
NAME
시다 아오이
청초하고
여자애다운 성격인
아카네의
쌍둥이 언니.
시다가의 셋째.

소꿉친구가
절대로 지지 않는 러브 코미디

OSANANAJIMI GA ZETTAI NI

MAKENAI

LOVE COMEDY

[글]
니마루 슈이치
SHUICHI NIMARU

[그림]
시구레 우이

프롤로그

*

'스에하루, 네 팬클럽이 생겼다는 거 아냐?'

……다들 잠시 상상해보길 바란다.

자신에게 팬클럽이 생기면 무슨 기분이 들어?

원래 인기가 많던 사람이라면 '딱히? 다를 거 없는데?' 하고 생각할지도 모른다.

예를 들어 아베 선배라면 '영광스러운걸, 기뻐.' 같은 소리를 하며 구김살 없는 미소를 지어서 그것만으로도 팬이 더 늘어날 것이다. 그런 모습이 눈에 선했다. 젠장할!

하지만 그런 다른 차원에 있는 인물을 자신의 경우에 적용해서는 안 된다. 그러므로 일단 내 상황을 정리해보고 싶다.

나는 아역 출신이었다. 거기에 일단은 히트작이 몇 개나 있어서 그런대로 주목을 모았던 경험이 있다.

다만 이건 초등학생 시절의 일이었다. 당시의 나는 연애 감정 같은 건 하나도 몰라서 호감을 표했더라도 전혀 깨닫지 못했을 것이다.

그거다. 초등학생 때 이웃집 미인 누님이 귀여워해 줘도 성가

시다고밖에 생각하지 않는 것과 마찬가지다. 어린 시절과는 가치관이 너무 달라서 참고가 안 된다.

그런고로 유감스러운 사실을 알려주자면.

나는 '이성에게 인기가 많았던 경험이 없었다'.

'——널 좋아해. 연애 대상으로서 하루를 좋아해.'

쿠로하에게 고백을 받았잖아! 하는 반론이 나오는 건 당연하겠지.

하지만 '인기가 많다' 란 보통은 '맹목적으로 따르며 추켜세워 주는 것' 을 말한다.

그럼 거기서 쿠로하, 시로쿠사, 마리아를 떠올려 보길 바란다.

……맹목적으로…… 추켜세워 줘……?

그래, 추켜세워 주지는 않았다.

그 애들은 매력적이다. 그러나 그것만은 아니었다. 매력은 매력이지만 이쪽이 휘둘리는 '폭력적인 매력' 을 가졌다고 할 수 있었다.

추켜세워지는 게 아니라 휘둘려지고 있다.

이게 올바른 인식일 것이다.

물론 나는 그 애들을 무척 존경하고 호감을 품고 있었다. 그 애들에게 불만은 없……지는 않고 죄송합니다. 역시 솔직히 말하자면 좀 무서울 때도 있습니다, 예.

　뭐, 그런 배경 위에 성립된 '팬클럽'이었다.

　분명하게 난생처음으로 인기가 많아졌다.

　요컨대——.

——내 인생에 봄이 왔다!

　이렇게 말할 수 있겠지.

　후후…… 후후후후…….

　아차, 나 좀 봐. 웃으면 안 된다. 이럴 때야말로 스마트하게 대응하는 게 중요하다.

　"스에하루, 왜 그래?"

　"아무것도 아니야."

　나는 웃음을 눌러 참으며 재빠르게 교실을 둘러보았다.

　지금은 점심시간이다. 맞은편에는 테츠히코가 앉아서 평소처럼 빵을 먹고 있었다.

　조금 떨어진 복도 쪽에는 쿠로하와 친구 그룹, 전방 창가에서는 시로쿠사와 미네 메이코 콤비가 점심을 먹고 있다. 복도에서는 마리아와 마리아의 팬으로 보이는 학생들의 목소리가 들려왔다.

　나는 목소리를 낮췄다.

　"테츠히코, 팬클럽 이야기 좀 자세히 해봐."

　"뭐, 우리가 워낙 눈에 띄다 보니 엄청나게 주목을 받고 있거든. 주목을 모은다는 건 말하자면 인기를 끈다는 거지."

"주목을 받는다고 인기를 끌어?"

"확률론이야. 예를 들어 백 명에 한 명 꼴로 '취향'이라고 생각해주는 녀석이 있다고 치면 학급 안에 그런 녀석이 있을 가능성은 좀 낮지. 하지만 만 명에게 알려지면 백 명 정도는 호감을 품는 녀석이 나온다는 말이야."

"그렇게 단순 계산할 건 아니라고 생각하는데……."

뭐, 그래도 주목을 받을수록 호감을 품는 애가 많아진다는 논리는 이해가 되었다.

"나도 함께 놀자는 애들이 많아서 말이지. 저번에는 귀찮아져서 다섯 명과 한 번에 데이트해도 괜찮냐고 물으니까 수락하길래 깜짝 놀랐다고. 그래서 다음에는 동시에 열 명을 목표로 해볼 생각이야."

"깜짝 놀랄 정도로 저질스러운 발언 고맙다. 죽어버려."

테츠히코는 그다지 목소리를 낮추지 않았다. 그런 탓에 이야기가 주위에 들렸던 거겠지.

여자애들은 이마에 핏대를 세우고 노려봤고 남자애들은 뭔가 무기를 조달하기 시작했다.

테츠히코는 그런 주위 애들을 전부 무시한 채 말을 이었다.

"너도 말이야, 고백제 동영상 시점까지는 뭐, '개그 담당', 잘 봐줘서 '반가운 얼굴'이었으니까. 아, 참고로 고백제 영상은 아직도 군청 동맹 영상 중에서 조회수가 가장 높아서 500만을 넘었어. 게다가 너, 댓글 보면 깜짝 놀랄 정도로 대인기라고."

"……그래?"

무서워서 영상은 전혀 안 봤다. 그래서 당연히 댓글 내용을 알 리도 없었다.

"참고로 댓글 분위기가 어떻길래 인기라는 건데. 미리 말해두 겠는데 호의적인 댓글만 알려줘라? 부정적인 댓글을 말하면 죽 을 줄 알아."

테츠히코가 휴대전화로 시선을 내리며 읽었다.

"베스트 댓글이 '부끄럼 많은 인생을 살아왔는데 마루 군을 보고 살아갈 기력이 생겼습니다. 감사합니다.' ——야."

"다자이냐고! 내가 얼마나 부끄럼투성이인 인생이길래?!"

그러지 마! 죽고 싶어지잖아!

"그리고 '백만 번 차인 남자'가 지금은 제대로 '오백만 번 차 인 남자'로 수정되어 있고."

"아무래도 좋은 정보만 말하는 건 그만 좀 하지? 울고 싶어진 다고."

"아, 실은 백만 회마다 '차인 남자' 댓글 수정하고 있는 사람 이 나야."

"지나가듯이 중요한 정보 털어놓는다고 넘어갈 것 같냐! 이 쓰레기야! 죽는다?!"

"크크크! 할 수 있으면 해보시지!"

우리가 멱살을 잡고 싸우고 있으니 동급생들이 "또 바레기 콤 비가 멍청한 짓을 하고 있어……."라며 쑥덕였다. 무기를 조달 하던 남자애들은 어느 사이엔가 도로 정리하고 있었다.

"아무튼 이런 느낌이었는데 CF 승부와 애시드 스네이크의 뮤

직비디오가 공개되었을 무렵부터 너에 대한 인상이 확 변하기 시작했다고."

"뭔가 또 안 좋은 방향성으로 가 있을 것 같아서 듣고 싶지 않은데."

나는 종이팩 우유를 빨대로 마셨다.

"이게 자연스레 인기로 이어지는 평가가 되었단 말이지…….역시 시리어스한 연기도 할 수 있다는 건 점수가 높은가 봐."

"오오!"

"다만 고백제 영상의 임팩트가 너무 강해서 연기자로서는 평가가 높아도 인기는 아직이라는 느낌이었지."

"끄응……."

나는 밥을 빼앗긴 강아지처럼 끙끙거리며 현실도피를 했다.

"그 뒤에 네가 카치를 감싸다가 다쳤잖아? 이게 여자들에게는 상당히 포인트가 높았던 모양이야."

"정말로?!"

"하지만 금방 카치와 마리아에게 헬렐레해서 평가가 급락."

"끄응……."

"그랬던 게 이번에 다큐멘터리와 진 엔딩의 감동 노선으로 또다시 인기가 급상승했다는 거지."

"내 탓이기는 하지만 평가가 너무 널뛰기해서 괴로운데."

"나라면 네 주식은 무서워서 안 살 거다. 지금은 높아도 내려갈 게 뻔하니까."

"너 말이야, 인기가 내려가는 걸 전제로 말하지 말아 줄래? 의외로 계속 인기가 있을지도 모르잖아."

"훗."

"이 자식아, 코웃음 치지 말라고!"

거 실례되는 놈이구만!

"뭐, 팬클럽은 타이밍이 좋았던 것도 있지. 아베 선배가 대학에 붙어서 부동표가 많이 생겨난 가운데 운 좋게 들어맞았다는 느낌이야."

"어? 아베 선배가 대학에 붙었어? 이 시기라면 수시인가?"

"게이오 대학에 특별 전형으로 붙었다던데."

"흐으음……."

나는 입을 내밀었다.

"역시 잘생기고 성적까지 좋은 선배님은 달라도 뭐가 다르시구만~!"

"네 그 서민적인 질투, 나는 좋게 본다."

아차, 이야기가 탈선하고 말았다. 중요한 건 '팬클럽'이었다.

"테츠히코, 팬클럽 말인데 어떤 애들이 멤버야?"

"응? 아, 그건 못 들었는데."

"리더도 몰라?"

테츠히코가 핸드폰 화면을 스크롤 했다. 대화 내용을 확인하는 모양이었다.

"응? 누구랑 대화했길래 체크 하냐."

"정보를 제공해준 여자애."

"너, 교내의 모든 여자애에게 미움받고 있지 않았어?"

"표면상으로는. 하지만 그렇기에 기회라고 생각하는 애도 있으니까."

"뭐냐, 들어서는 안 되는 걸 들은 것 같다만."

"그리고 나도 연애와는 상관없이 정보만 교환하는 애가 있다고."

"예를 들면 레나처럼?"

"뭐, 그렇지. 걔도 그쪽이네."

테츠히코가 핸드폰에서 시선을 떼며 어깨를 으쓱했다.

"역시 멤버는 적혀있지 않네. 지금까지도 숨은 팬은 있었던 모양인데 네가 너무 바보처럼 굴어서 쉽게 밝히지 못했나 봐."

"끄응……"

나는 배탈 난 강아지처럼 책상 위에 엎드렸다. 내가 너무 바보처럼 굴어서 팬이라고 밝히지도 못했다니 너무 충격적이어서 뒤로 넘어갈 이야기였다.

"거기에 각자 딴생각을 가진 녀석들이 많아서 한데로 뭉치지 못한 모양이야. 그런데 이끌어주는 녀석이 나타났는지 마침내 팬클럽이 결성되었다나 봐."

"음? 이끌어주는 녀석? 그게 누군데."

"──안녕. 이야기 좀 할 수 있을까?"

돌연히 등 뒤에서 의젓한 목소리가 들려왔다.

맞은편에 앉은 테츠히코가 어째서인지 "엑." 하고 중얼거렸다.

나는 낯선 목소리의 주인을 확인하기 위해 돌아보았다.

"어…… 부회장인……"

"에스카와 토카야."

그래, 어디선가 본 적이 있다 싶었다. 우리 학교의 학생회 부회장이었다. 학교 축제 뒤에 선거가 있어서 당선되었던 기억이 난다. 선거 때는 '검도부에서 단련한 정신력과 질서를——.' 같은 소리를 했었던가.

다만 우리 학교의 학생회 선거는 거의 신임 투표나 다름없었다. 올해도 회장과 부회장에 각각 한 명씩밖에 입후보하지 않아서 아무도 낙선하지 않았다. 그래서 선거 연설도 그다지 진지하게 듣지 않았고 귀여운 여자애가 말하길래 일단 표를 줬을 뿐이었다.

"…………."

으음, 나는 에스카와와 같은 반이 되었던 적도 없고 접점도 없어서 이야기를 나눠보지 못했다. 자세도 바른 게 농담이 통할 것 같지 않은 분위기라서 말을 붙이기가 어렵단 말이지. 학생회란 교내에서 권력을 가졌다는 이미지가 있어서 조금 거북하기도 했다.

에스카와는 여자치곤 키가 꽤 컸다. 가슴은 아담한 편에 팔과 다리가 치타처럼 날씬하고 탄력 있었다. 머리 뒤로 묶은 기다란 머리칼이 특징적인데 태도도 의젓해서 전체적으로 전통적인 여성 같은 분위기가 감돌았다. 그런 탓에 실질 강건이라는 이미지가 강해서 여자애다운 화사함과는 거리가 멀었고 전혀 꾸미지 않았기 때문이지 언뜻 보기에는 수수하게 느껴졌다.

그리고 보니 선거 때 에스카와를 가리키며 '실은 나만 미인이라는 것을 알고 있다'고 착각하는 남자가 다수 있다고 테츠히코가 말했던가.

우리 학생회는 태평하고 무슨 일이든 적당적당한 놀게 생긴 회장과 성실하고 엄격한 부회장의 손에 잘 통솔되고 있다며 평판이 좋았다. 그리고 그 성실하고 엄격한 부회장이 바로 에스카와 토카였다.

그런 평가와 용모를 종합하자면 '선도 위원장'이라는 표현이 딱 들어맞았다. 우리 학교에 '선도 위원' 같은 건 없지만.

"하아~."

테츠히코가 한숨을 내쉬었다. 그러고 보니 이 녀석 아까 에스카와가 왔을 때 '엑' 하고 소리를 냈었지.

"야, 테츠히코. 너 에스카와와 아는 사이야? 전 여친 같은 거면 무진장 거북스러운데."

"아니거든. 꼬셔본 적도 없어. 쟤는 머리가 꽉 막혀서 말도 안 통한다고."

"뭐야, 싸우기라도 했어?"

내 물음에 에스카와가 대답했다.

"내가 카이를 조사해서 세 다리를 걸친 증거를 잡고 폭로했기 때문이야. 몇 번이나 경고했는데도 무시하길래 실력 행사를 했어."

테츠히코는 여름 방학 전에 세 다리를 걸친 게 들통난 이후로 여자애들에게 미움받고 있었다. 그 원인이 에스카와였던 건가. 그야 아무리 테츠히코라도 싫어하겠지.

에스카와가 크게 한숨을 내쉬었다.

"게다가 그 뒤로도 남모르게 내통하던 여자애에게 스파이 짓을 시켜서 내 약점을 잡으려고 하거나 나를 나쁜 짓에 끌어들이려고 하거나…… 한숨이 나올 사람은 이쪽인데?"

"넌 왜 언제나 행동이 자연스럽게 범죄적인 거야. 너무 저질스러워서 깜짝 놀랄 정도라고!"

에스카와와 테츠히코의 관계는 경찰과 범죄자의 관계에 가까워 보였다.

"에스카와, 거슬리니까 좀 가지? 너도 내 얼굴은 보고 싶지 않잖아."

"그렇긴 해. 하지만 인사는 일찌감치 해둘까 해서…… 마루에게."

"인사?! 나에게?!"

물론 나에게 용건이 있을 가능성도 생각은 했지만 인사는 예상 못 한 이유였다.

에스카와는 조금 엄격한 표정 그대로 또박또박 말했다.

"이번에 내가 '마루 스에하루 팬클럽'의 리더가 되어서 그 인사를 하려고. 다만 리더라고는 해도 팬클럽 전체를 관리하는 역할이고 실제 활동은 이 애들이 할 거야."

에스카와가 복도를 향해 손짓을 했다.

그러자 어디서 숨어 있었는지 십수 명의 여자애들이 우르르 교실로 들어오더니 나를 에워쌌다.

"마루 선배님! 저 계속 응원하고 있었어요! 멋있어요!"

"진 엔딩이 나온다고 해서 '차일드 킹'을 최근에 처음으로 봤는데 감동해버렸어요!"

"나는 전부터 카이 군과의 애증 어린 싸움을 관찰하고 있었어!"

"스에하루 군의 숙맥 같은 모습에 언제나 심쿵하고 있어."

"뮤직비디오의 소름 돋는 모습에 나도 엉망진창으로 당하고 싶어졌어……."

"마루 스에하루 총수책을 겨울 코믹에 낼 예정이에요!"

뭔가 내 상상과는 다른 애도 있는데…… 아니, 여기서는 사소한 건 넘어가자!

——나 인기 있잖아?!

그렇게 자각한 것만으로도 다른 일들이 머릿속에서 날아갔다.

"아하하~ 이거 참~ 그렇게 밀지 마~. 나는 도망치지 않는다고~."

"으아. 스에하루, 네 얼굴 지금 엄청 끔찍한데."

"후후후, 테츠히코. 네가 질투하는 마음은 이해해. 나는 마음이 넓은 남자니까 관대하게 용서해주마, 하하하!"

언제부터인가 교실 안에 살기가 흘러넘치고 있었다.

남자들은 또다시 무기를 준비하기 시작했고 여자들은 나에게 경멸의 시선을 보냈다.

하지만 우쭐해진 나는 표정 관리를 할 수 없었다.

이참에 데이트 약속이라도 잡아볼까 생각하던 차에————.

"————이 바보 같은 녀석!"

에스카와가 단호한 목소리로 나를 타일렀다.

"마루, 잘 들어. 내가 팬클럽의 리더가 된 이유는 내버려 두면 교내 질서가 어지럽혀지리라 생각했기 때문이야. 카이와는 다르게 너에게는 범죄적인 부분이 없어. 그래서 경고를 한 적이 없는데…… 솔직히 말해서 엔터테인먼트부는 지나치게 눈에 띄어서 상당히 위험시하고 있어. 거기에 팬클럽에서도 문제 행동을 일으킨다면 학생회로서는 엔터테인먼트부를 정식 클럽 활동으로 인정한 걸 취하할 수밖에 없어. 알겠어?"

우아함이 느껴지는 시원시원한 말투였다. 차분하게 이야기를 해서 설교인데도 반발심은 전혀 들지 않았고 그저 고개를 조아릴 수밖에 없었다.

"예, 옙…… 죄송합니다……."

"너희도 너무 들떴어. 동경하는 사람과 이야기를 나누느라 흥분한 건 알겠는데 절도는 지켜."

"예~."

……그렇군. 에스카와가 리더를 맡으면서 팬클럽이 한데로 뭉치게 된 것도 납득이 되었다.

에스카와에게는 지도력이 있었다. 카리스마성도 있는 것처럼 느껴졌다. 다만 너무 착실한 탓에 그다지 여자와 이야기하는 기분이 들지 않았다. 아니, 가십거리라도 꺼내면 '불순해!' 하고 혼날 듯한 분위기였다. 팬클럽의 리더를 맡아줄 정도니까 화를 내지는 않겠지만 왠지 그런 가십거리와는 정반대의……'질서'라는 분위기가 느껴졌다. 이런 부분이 '숨은 팬'이 많은 이유겠지.

"엣짱, 고마워. 정리해줘서."

어느 사이엔가 다가온 쿠로하가 에스카와에게 말을 걸었다.

에스카와는 어깨의 힘을 빼며 한숨을 내쉬었다.

"하아, 예전의 시다였다면 내가 말하기 전에 주의를 줬을 텐데. 군청 동맹에 들어가서 너무 물든 거 아니야?"

"아하하, 면목이 없어……."

쿠로하와 에스카와는 아는 사이인 모양이었다. 뭐, 쿠로하는 1학년 때 반장이었으니 학생회와 관련된 애와 친구 사이여도 이상하지는 않았다.

"어째서 군청 동맹이라는 틀 안에 있으면 문제 행동이 늘어나는 건지…… 카치도 언동이 차가운 구석은 있어도 소란을 일으킬 애는 아니었는데."

"윽."

창가에서 미네와 함께 밥을 먹던 시로쿠사가 어깨를 움찔했다.

"그리고 모모사카? 복도에서 듣고 있는 건 아니까 숨어서 보지 말고 이리 나와."

"움찔."

복도 구석에 숨어 있던 마리아가 시치미를 떼는 표정으로 나타나며 인사했다.

"어머나, 학생회 부회장님이셨나요. 저는 모모사카 마리아라고 해요. 앞으로 잘 부탁드릴게요."

"물론 알고 있어. 너는 유명인이니까."

"그러셨나요. 감사합니다."

"나는 네 연예 활동에는 간섭할 입장이 아니지만 첫날부터 교내에서 소동을 일으킨 것에는 우려를 느끼고 있어."

"윽……."

마리아가 식은땀을 흘렸다.

"너는 유명하고 인기인이니까 어느 정도는 소란이 생기는 것도 어쩔 수 없다고 생각해. 하지만 절도를 지키며 불에 기름을 끼얹는 듯한 행동은 자제해줬으면 좋겠어. 선배로서, 학생회 부회장으로서 말하는 건데 이해해줄래?"

"예, 말씀하시는 대로예요……."

마리아가 경직된 웃는 얼굴로 내 귓가에 입을 가져다 대었다.

"스에하루 오빠, 이 학교에 이런 정상적인 사람이 있었네요?"

"네가 우리 학교에 어떤 인상을 가지고 있는지 잘 알겠어."

"완전히 정론이어서 반론을 할 수가 없어요."

"그러게 말이야. 그래도 좀 융통성이 있으면 고맙겠는데……."

"마루, 다 들리거든?"

힐끗 올려다보니 에스카와가 쏘아보고 있었다.

나는 곧바로 엎드려 빌었다.

"죄, 죄송합니다아아아!"

에스카와는 한숨을 한 번 내쉬고는 무릎을 꿇으며 나에게 손을 내밀었다.

"사과하는 건 당연하지만…… 엎드려서 빌 정도의 일은 아니야. 너도 인기인이니까 좀 더 자존감을 가져도 된다고 생각해."

그리고 그렇게 말하며 내 손을 잡고 일으켜 세웠다.

아, 착실하기만 한 게 아니라 착한 애구나.

질서를 책임지는 사람 중에도 문제아를 무조건 부정하거나 규칙을 지키지 않는 사람에게 금방 화를 내며 쏘아붙이는 타입이 있다. 하지만 에스카와는 상식적으로 생각하며 잘못된 점을 지적할 뿐이었다. 그래서 설교를 받아도 이야기가 귀에 잘 들어오는 거겠지.

"그리고 그런 식으로 딱딱하게 굴 것 없어. 그렇게 화가 난 것도 아니니까."

그래도 화가 난 것으로만 보이는 건 기본적으로 무뚝뚝한 얼굴이기 때문일까……

에스카와의 표정을 빤히 살펴보고 있던 마리아가 물었다.

"부회장님이 팬클럽의 리더를 맡으셨다는 말은 스에하루 오빠의 팬이라는 건가요? 그렇다면 조금 표현법이 어긋나 있다고 할까, 원칙을 들먹이며 숨기지 말고 솔직하게 표현하는 편이 좋지 않나요?"

야야, 뭘 도발하고 있는 거야.

나는 당황했지만 마리아는 쏘아보고 있을 뿐이었다.

마리아의 말에도 에스카와의 표정은 변하지 않았지만 약간 언짢아진 것처럼 보였다.

"바보 같은 녀석."

에스카와는 마리아의 질문을 날카롭게 일도양단했다. 하지만 어깨를 으쓱해 보여서 긴장되어 있던 분위기가 조금 부드러워졌다.

"그건 억측이야. 마루의 연기는 저번에 조금 보았어. 대단해서 존경스럽게 생각하기도 했지만 그걸로 팬이라고 할 수도 없지. 최근에 마루의 팬들이 간과할 수 없는 행동을 일으키길래 부회장으로서 관리하기로 했을 뿐이야."

막힘없는 설명에 마리아도 그저 고개만 끄덕일 뿐이었다.

"이해했다면 이 이상 일을 벌이지 않게 절도 있게 행동해줘."

이건 마리아에게만 하는 말이 아니었다. 주위를 둘러보며 말했으니 군청 동맹 멤버 모두가 대상이겠지.

정말 올곧은 애였다. 최근에 새롭게 알게 된 지인이라면 시온이 떠올라서 그 반동으로 더더욱 그렇게 느껴지는 것일지도 모르겠다.

"알았어. 최대한 조심해볼게. 그럴 수 있을지는 모르겠지만."

"거기서는 빈말이라도 조심하겠다고 분명하게 말해줬으면 했는데."

"나중 일은 알 수 없잖아. 거짓말을 하고 싶지도 않고."

"믿음직스럽지 못하긴…… 뭐, 정직한 사람은 싫어하지 않지만."

에스카와가 커다란 한숨을 내쉬었다.

"일단 연락처 좀 알려줄래? 팬클럽 애들과 상의해서 우선은 리더인 나만 연락처를 교환하기로 했어. 모든 멤버와 교환하면 통제가 되지 않으니까. 팬클럽의 연락 사항이 있을 때는 내가 연락할게."

아, 그렇군. 조금 전에 팬 애들이 몰려들었을 때의 기세를 생각하면 당연한 배려였다.

"물론 마루가 개별적으로 만나고 싶은 애가 있다면 막을 생각은 없어. 그때는 마루가 연락처를 알려줘. 팬클럽 멤버가 마루에게 연락처를 알려주거나 반대로 알려달라며 조르는 건 금지했으니까."

"알았어."

역시 에스카와는 겉으로 보이는 인상보다도 훨씬 말이 잘 통했다. 팬클럽은 이 애에게 맡기는 편이 좋을 것 같았다.

아무튼 그렇게 점심시간도 끝나가서 에스카와랑만 연락처를 교환한 뒤에 해산했다.

*

"자, 또 이렇게 모이게 되었는데——."

학교 근처에 있는 영국식 정원 스타일의 카페.

쿠로하, 시로쿠사, 마리아는 저번 '소녀들의 밀담'과 마찬가지로 룸의 6인용 테이블에 거리를 두고 앉아 있었다.

쿠로하는 시선을 마주하려고 하지 않는 시로쿠사와 마리아에게 말을 붙였다.

"두 사람도 하루의 팬클럽 이야기는 들었지? 의견을 조정해야 하지 않겠어?"

"그런 거라면 우선 자기 생각부터 말하는 게 옳지 않아? 시다양."

견제의 칼날이 쿠로하의 뺨을 스쳤다.

섣불리 움직이면 트집이 잡힐지도 모른다는 긴장감이 감도는 가운데 쿠로하는 어쩔 수 없이 한 걸음 내디뎠다.

"전부터 이런 전개가 있을지도 모른다는 걱정은 했었어. 테츠히코 군도 군청 동맹에 들어오고 싶어 하는 사람 중에 8할은 남자지만 2할은 여자라고 했었으니까. 그건 테츠히코 군에 대한 교내의 악평을 생각하면 대부분은 하루가 목적이지 않을까 싶었어. 그건 두 사람도 깨닫고 있었지?"

"맞아."

"시로쿠사 선배님이 함구시키기도 했을 정도니까요."

마리아가 입에 담은 건 군청 동맹에 들어오고 싶어 하는 사람들에 대한 화제가 스에하루의 앞에서 나왔을 때 '모모사카, 말할 필요가 있어?' 하고 시로쿠사가 제지했을 때의 이야기였다. 그 대화를 쿠로하도 보고 있었기에 여기까지는 공통 인식으로 봐도 된다고 확신했었다.

"다큐멘터리와 진 엔딩으로 하루에게 인기가 생기리라는 건 예상했었지만 교내에 팬클럽이 생기는 건 나로서도 상정 밖이야. 하루의 팬은 숨어 있는 애들이 많아서 밖으로 드러낼 정도의 세력이 되리라는 생각은 안 했었는데……."

"모모도 테츠히코 선배님이 말씀하셨던 것처럼 리더라며 인사를 하러 온 부회장님이 관리하기 시작한 부분이 크다고 생각했어요."

쿠로하는 고개를 끄덕이며 동의했다.

"원래라면 그런 가십거리를 단속하는 선봉장이라 할 수 있는 애가 리더가 됨으로써 속마음을 드러내도 된다는 안심감이 생겼다고 봐."

"뭐, 경찰이 뒷배가 되어준 거나 다름없으니까요."

"——위협적이야."

시로쿠사가 단언하자 쿠로하와 마리아도 고개를 끄덕였다.

"하루는 바보 같은 애니까 팬클럽이 생긴 것만으로도 머릿속이 꽃밭이 되지 않았을까 싶은데……."

"게다가 스짱은 엉큼한 구석이 있으니까……."

"스에하루 오빠는 기본적으로는 성실하지만 줏대 없는 성격을 비집고 들어가면 곤란해지죠……."

""""으음……."""

세 사람은 머리를 부여잡았다.

스에하루의 바보 같고 엉큼하고 줏대 없다는 약점이 노려지면 어떻게 될지 알 수 없다.

유대라는 점에서는 절대로 지지 않는다고 생각하는 세 사람이었지만 팬클럽은 내버려 둘 수 없고 위기감을 가지고 대처해야 한다는 게 공통적인 생각이었다.

"스짱의 팬클럽을 장악할 수는 없을까?"

시로쿠사가 후후후, 하고 음흉한 웃음을 지으며 말했다.

"예를 들어 내가 부회장 대신 리더가 된다면 발칙한 생각을 하는 애들을 엄격하게 조교해서 순수하고 올바른 스짱의 팬으로 교육해주겠어……."

"카치 양이 리더가 되면 다들 팬클럽을 관두고 각자 따로 하루에게 접근할걸? 그건 공정한 엣짱이라서 다들 납득하는 게 아닐까?"

"윽———."

쿠로하의 냉정한 지적에 시로쿠사는 말문이 막혔다.

추가타를 가하는 것처럼 마리아가 지적했다.

"시로쿠사 선배님뿐만이 아니라 모모나 쿠로하 선배님이라도 제어하는 건 무리예요. 스에하루 오빠에게 가까운 저희 중 누군가가 위에 서면 팬클럽 사람들은 왜 여친인 척 구는 여자의 말을 들어야 하냐고 생각하겠죠. 팬클럽을 장악해서 조종하고 싶다면 리더인 부회장님을 회유해서 간접적으로 지배하는 방법이 현실적일 것 같아요."

시로쿠사는 검은 니하이삭스를 고쳐 신으며 기다란 다리를 반대로 꼬았다.

"시다 양, 알려줬으면 하는 게 있는데."

"뭔데?"

"너 부회장과 아는 사이였지? 그 애의 내면이라고 할까, 성격을 자세하게 알아?"

쿠로하는 콜라에 간장을 조금 넣고——시로쿠사와 마리아가 질겁하는 것을 아랑곳하지 않고——빨대로 섞은 뒤에 한 입 마셨다.

"처음 만난 건 1년 전이야. 엣짱과는 반은 달랐지만 둘 다 반장이어서 그 인연으로 알게 됐지. 그 뒤로 만나면 이야기를 나누는 정도의 사이가 되었어. 엣짱은 무척 성실하고 착한 애야. 의젓한 부분은 카치 양과 닮았을지도 모르겠어. 카치 양에게서 눈에 띄는 부분을 제외하고 성실함과 배려와 인망을 더한 느낌이야."

"아, 그렇군요. 시로쿠사 선배님은 성실함과 배려와 인망이 없으니까요."

"둘 다 지옥 불에 태워지기나 해."

쿠로하는 못 들은 척하며 자연스럽게 흘려넘겼다.

"나도 배려심이 많고 잘 돌봐준다는 이야기를 들을 때가 있지만 나는 친구처럼 가까운 사람에게만 그래. 하지만 엣짱은 학교 전체를 생각하는 애여서 그 애가 2학년 1학기 때 학생회 회계였을 때는 클럽 활동의 예산 문제로 신세를 진 적도 있었어."

"저희 반에서는 '선도 위원장 같은 사람'이라고 하던데, 그게 가장 잘 와닿아요."

"카이 군과 상성이 나쁜 것도 납득이 돼. 그다지 적으로 돌리고 싶지는…… 아니, 되도록 같은 편으로 삼고 싶은 인재 같네."

"그럼 카치 양은 하루의 팬클럽을 인정할 생각이야?"

시로쿠사는 비단 같은 검은 머리칼을 부드럽게 쓸어내렸다.

"그럴 리가. 팬클럽은 반드시 뭉개버려야 해. 부회장은 이성적인 듯하지만 팬클럽 멤버는 **부끄럼을 모르는 헤픈 애 들**뿐이니까……. 분수를 깨닫게 해서 **숨통을 끊어버려 야 해.**"

"모모도 시로쿠사 선배님의 말에 찬성해요."

마리아는 풍성한 머리카락을 쓰다듬으며 사랑스러운 미소를 지었다.

"스에하루 오빠의 대단함을 이제 와서 깨달은 **파리들**을 왜 좋게 봐 줘야 하죠? 최대한 신속하게 배제해야 해요. 가능하면 한 사람씩 설교라도 해주고 싶네요."

"웬일로 의견이 일치했네, 모모사카."

"그런 모양이네요, 시로쿠사 선배님."

후후후, 하고 시로쿠사와 마리아가 나란히 웃었다. 다만 여전히 사이좋아 보이는 분위기는 전혀 아니었다. 서로 뱃속에 흉계를 감추고 있는 게 뻔히 보였다.

두 사람의 모습을 살펴보며 쿠로하가 말했다.

"거기까지의 방침은 나도 동의해. 그래서 제안하는 건데── '공동 전선'을 맺지 않겠어?"

침묵이 내려앉았다.

굳어버린 건 아니었다. 오히려 세 사람 모두 지금까지 이상으로 눈을 굴리고 있었다.

미약한 공기의 흐름조차 상대의 감정을 더욱 정확하게 읽어내기 위한 재료라는 것처럼 시선을 마주하고 서로 견제한 끝에 마리아가 입을 열었다.

"······알겠어요. 그게 최선 같아 보이네요."

"······시다 양의 제안이라는 게 걸리지만 나도 찬성이야."

──이렇게 지금 이곳에서 불구대천의 세 사람에 의한 공동 전선이 성립되었다.

계약서도 혈서도, 아무런 보증도 없는 구두 약속.

그런 만큼 누가 언제 치고 나갈지 알 수 없다는 공포가 세 사람의 뇌리를 가로질렀다.

그러나 지금은 긴급 사태였다. 그렇기에 이번만큼은 어쩔 수 없었다.

그런 공통적인 생각이었다.

다만 그렇다고 해서 사이좋게 지내는 건 아니었다.

팬클럽 문제가 일단락 지어지면 곧바로 다시 적으로 돌아간다. 그것 또한 자명한 일이었다.

그러므로 세 사람은 서로 눈을 맞추지 않았고 룸은 여전히 긴장감으로 가득했다.

"의견을 통일하기 위해서라도 목표를 정하고 싶은데."

시로쿠사의 말에 쿠로하가 대답했다.

"목표는 하루의 팬클럽을 해산시키는 것. 그거라면 이의는 없지?"

"부회장을 회유해서 장악한다는 건?"

"엣짱을 회유하진 못할 것 같아. 자기 생각이 확고한 애라서 팬클럽 애들을 배신하고 우리 편이 되라는 식의 회유는 가장 싫어할 거야. 회유하려고만 해도 불신감을 가지리라 생각해. 그러다가 적으로 돌리는 쪽이 손해지. 내 말이 틀려?"

이 말에는 시로쿠사와 마리아도 고개를 끄덕였다.

"그렇다면 좀 더 상세한 부분…… 예를 들어 부회장님에 대한 대응 방침을 상담하고 싶은데요."

"모모는 예를 들어 어떠한 방침을 상정하고 있는데?"

"팬클럽을 해산시키겠다면 가장 손쉬운 방법은 리더인 부회장님의 해산 선언이겠죠? 보아하니 부회장님이 없으면 멤버의 의사 통일이 어려운 모양이니까요."

"그렇겠네."

시로쿠사가 고개를 끄덕였다.

"그렇다면 크게 '우호적'이거나 '적대적'인 대응이 있다고 생각하는데요."

"모모가 말하는 '적대적'이란 엣짱과의 정면 대결. 팬클럽 활동을 철저하게 훼방 놓고 부정한다는 거지?"

"……그렇네요. 그렇게 생각하셔도 무방해요."

"그렇다면 '우호적'은 어떤 느낌이야? 잘 상상이 안 되는데."

쿠로하의 물음에 마리아는 멜론소다로 목을 축인 뒤에 또박또박 말했다.

"기본적으로는 설득과 공작이겠네요. 설득 쪽은 부회장님과 사이가 좋아진 뒤에 저희 입장을 이해하게 해서 온건한 해산을 노리는 거예요. 공작은 설득하는 사이에 팬클럽 멤버의 평판을 떨어트리거나 도가 지나친 행동을 찾아내는 방향이 되겠네요. 부회장님이 '이런 멤버들과는 더 이상 같이 있지 못하겠어!' 하고 생각하게 만드는 방침이에요."

"나는 엣짱과 친구 사이기도 해서 적대적인 행동은 하고 싶지 않은데."

시로쿠사가 반론했다.

"나는 반대야. 적대적인 대응으로 철저하게 뭉개버려야 한다고 생각해. 부회장의 '해산' 한다는 말만으로는 팬클럽의 싹이 이곳저곳에 남게 돼. 그건 불씨가 퍼질 뿐이잖아. 안심할 수 없어."

"……그렇긴 해."

쿠로하는 손으로 턱을 짚으며 생각했다. 적대적인 행동은 피하고 싶었지만 시로쿠사의 의견은 무시할 수 없었다.

"그리고 그 부회장, 좀 걸리는 부분이 있어. 되도록 스짱에게 접근하게 두고 싶지 않다고 할까…… 이성적인 건 알겠는데 **방심할 수 없는 암컷의 냄새**가 나."

강렬한 적의에 쿠로하는 쓴웃음을 지었다.

"엣짱 착한 애인데……. 여전히 카치 양은 주인 말고는 전부 물어뜯는 충견 같다고 할지……."

"매번 새치기하는 도둑고양이나 언제나 어부지리를 노리는 늙은 너구리보다는 낫다고 보는데?"

"뭐어?! 내가 도둑고양이?!"

"아, 그러세요, 모모가 늙은 너구리라고요, 어쩜 그런 말을."

"나는 누구라고 한 적 없는데? 뭐, 자각이 있는 건 다행이네."

서로 노려본다.

모처럼 공동 전선을 펼쳤는데 시작하자마자 붕괴의 위기였다.

쿠로하는 심호흡을 하며 마음을 진정시켰다.

"……그만두자. 지금 우리끼리 싸워서 기뻐할 건 팬클럽 애들이니까."

"……알았어. 부득이하지만."

"그럼 본론으로 돌아가죠."

짝, 하고 마리아가 가슴 앞에 손을 모았다.

"부회장님에 대한 방침 말인데요, 실은 모모에게 두 분의 방침과는 다른 복안이 있어요."

"말해 보렴."

시로쿠사가 재촉하자 마리아는 생긋하고 사람을 홀리는 웃음을 지었다.

"표면상으로는 '우호적', 뒤에서는 '적대적'——이란 건 어떠세요?"

웃는 얼굴과 발언의 격차에 쿠로하와 시로쿠사는 질린 표정을 지었다.

"여, 역시 모모…… 정말 보통내기가 아니야."

"웃는 얼굴로 할 소리는 아니라고 생각하는데…… 내용은 납득이 되네……."

"그럼 부회장님과는 표면상으로는 우호적인 관계를 쌓고 뒤에서는 팬클럽의 활동을 철저하게 탄압해 나가죠! 상세한 계획은 짜야겠지만 팬클럽에 관한 정보를 손에 넣으면 숨김없이 공유해주세요."

""이의 없어.""

마리아는 텔레비전 방송에서 호평이었던 사랑스러운 웃는 얼굴로 상체를 내밀며 목소리를 낮췄다.

"그럼 말이 나온 김에 두 분이 알고 계시는 팬클럽 멤버를 말씀해주시겠어요? 나중에 레나 양에게도 조사를 부탁할 생각이지만 모모는 전학 온 참이라서 정보가 부족하거든요."

쿠로하는 시로쿠사에게 시선으로 확인을 구하며 서로 고개를 끄덕였다.

"상관없는데 몇 명밖에 몰라."

"리스트 만들래? 이름을 보며 이야기하지 않으면 빠트릴지도 몰라."

마리아는 휴대전화를 살며시 테이블 위에 올리며 늙은 너구리라 불릴 만한 웃음을 지었다.

"실은 아까 팬클럽 사람들이 난입했을 때 카메라로 사진을 찍어뒀거든요……. 우선 이름부터 확인해볼까요."

너무나도 용의주도했다.

본디 마리아의 용의주도함은 위협적이었다.

그러나 지금은 달랐다. 일시적이라고는 하지만 적어도 지금은 같은 편.

그 믿음직한 모습에 쿠로하와 시로쿠사는 웃음을 흘렸다.

"나쁘지 않네. 명단은 내가 만들게. 그런 건 캐릭터 설정표를 만들면서 익숙하거든."

시로쿠사는 가방에서 노트북을 꺼냈다.

"그럼 순서대로 가볼까. 이래 봬도 소문 같은 게 모여드는 편이어서 레나는 수집 못 할만한 정보를 채울 수 있을 거야."

"후후후, 즐거워지기 시작했는걸요."

"시, 실례합니다……. 잔을 치워드려도 괜찮으신지요……?"

남자 점원이 살그머니 룸에 들어왔다. 잔이 빈 모습이 보였기 때문인데 이 세 명의 미소녀가 얼마나 무서운지를 충분히 알고 있는 만큼 사자 우리에 고기를 두고 가는 심정이었다.

그러나──.

"아, 콜라 한 잔 더 주세요. 간장은 그대로 두시고요."

"그럼 모모는 콜라 플로트로. 아이스크림 많이 담아주세요~."

"저는 블렌드 커피로요. 설탕과 우유는 괜찮아요."

"…………으응?"

미소녀들이 싱글벙글 웃고 있었다.

귀엽다. 무진장 귀엽다.

남자 점원은 한순간 넋을 놓았지만 다음 순간에는 신나서 빈 잔을 쟁반에 올리고는 고개를 깊숙이 숙였다.

"바로 가져오겠습니다. 잠시만 기다려주십시오."

남자 점원은 경쾌한 발걸음으로 주방으로 가서 세 미소녀가 얼마나 대단한지 열변을 토했다. 그리고 주문한 음료를 쟁반에 담아 다시 룸으로 왔는데──.

"그렇구나…… 그건 중요한 정보야. 이 여자는 지옥에 떨어트려야겠어."

"그리고 이쪽에 얘 말인데 순 내숭이야. 지금 양다리 걸치고 있다는 확실한 정보가 있어."

"어머나, 그런 몸으로 스에하루 오빠에게 꼬리를 치다니······ 배짱 좋은데요."

"히이이익——."

싱글벙글한 표정으로 무시무시한 대화를 나누는 세 미소녀의 모습에 사상 최대의 공포를 느끼고 주방 스태프에게 '암흑의 연회가 열리고 있어.' 라며 소란을 피우지만 그건 또 다른 이야기였다.

이렇게 세 사람이 협력 관계를 맺는다는 역사적 회담은 막을 내렸다.

그러나 아직 사건은 시작되었을 뿐.

교내의 대소동은 지금부터가 본편이었다.

제1장 팬클럽과 공동 전선

*

교복이 동복으로 바뀌고 나무들이 물들어감에 따라 점점 쌀쌀함이 느껴졌다.

내일부터 3일 연휴라는 것도 있어서 학생들의 발걸음은 어딘가 가벼워 보였다. 공교롭게도 비구름이 살짝 껴있었지만 문화계 클럽 활동인 우리 엔터테인먼트부—— 군청 동맹의 활동에 비는 상관없었다.

그런 이유로 방과 후에 부실인 제3 회의실에 모여서 회의를 했다.

멤버는 평소처럼 나, 테츠히코, 쿠로하, 시로쿠사, 마리아로 레나는 구석에서 카메라로 촬영하고 있었다.

"우선 엊그제 마침내 공개한 PV의 초기 반응을 보고할게."

화이트보드 앞에 선 테츠히코가 휴대전화를 한 손에 들고 이야기했다.

PV란 오키나와에서 촬영한 쿠로하, 시로쿠사, 마리아 세 사람의 아이돌 노선 영상을 말한다.

원래는 좀 더 빨리 공개할 예정이었는데 다큐멘터리와 '차일드 킹'의 진 엔딩 등이 겹쳐서 이 시기에 공개하게 되었다.

"어디 보자, 지금 시점에서…… 약 50만 조회수. 조회수가 올라가는 속도는 고백제 영상, 다큐멘터리에 이어 세 번째로 빨라. 아니지, 첫 번째와 두 번째는 매스컴에서 다룬 영향이 컸을 테니까 이건 경이적이라고 해도 좋을 거야."

"오오, 대단하네! 해냈어!"

내가 절찬하며 돌아보자 웃고 있는 건 마리아뿐이었다.

"뭐, 모모가 있으니까 이 정도는 당연하다는 부분은 있지만 쿠로하 선배님과 시로쿠사 선배님의 인기 덕분인 것도 있으니 성공으로 봐도 괜찮지 않을까요."

"뭐야, 모모. 왜 그렇게 냉정해."

"바라서 참가한 기획이 아니어서요."

아, 그렇지.

나중에 알게 된 건데 PV 기획에 찬성한 건 나, 테츠히코, 시로쿠사였다. 반대로 말하자면 쿠로하와 마리아는 내키지 않았다는 말이다. 마리아는 성공한 것에 관해서는 기쁘게 받아들여도 상관없지만 그 이상의 감정은 없다는 느낌이었다.

"쿠로는 어때?"

"솔직히 부끄러워서 최종 체크 때밖에 안 봤어. 그런데 어제부터 그 화제를 꺼내는 사람이 많아서……. 좀 시달리는 기분이야……."

듣고 보니 왠지 뺨도 야위고 기운이 없어 보였다.

"어? 그랬어?"

"설마 하루의 기분을 알게 되는 날이 올 줄은 몰랐어……. 친구

들은 칭찬하는 건지 놀리는 건지 알 수 없어서 반응하기 곤란한 말만 하는 데다가 남자애들은 날 보면서 수군덕거리고……."

"윽, 뭔가 미안."

쿠로하는 눈에 띄는 걸 안 좋아하는데 나 때문에 이런 영상까지 찍게 되어서 조금 책임감이 느껴졌다.

"아, 딱히 하루 탓은 아니니까 신경 쓰지 마. 스스로 정해서 동영상에 나간 거고. 그래도 좀 지쳤어……."

"너무 마음에 담아두지 않는 편이 좋아. 아무래도 좋은 사람들을 상대해봤자 끝이 없으니까."

오, 웬일로 시로쿠사가 쿠로하에게 조언을 해줬다.

"경험담 말해줘서 고맙네. 하지만 이 PV는 카치 양이 찬성해서 찍게 되었다는 건 알지?"

"……!"

시로쿠사의 뺨이 씰룩였다.

"다수결로 정한 걸 이제 와서 트집 잡다니 시다 양은 속이 좁구나?"

"다수결은 어쩔 수 없다 쳐도 함정을 깔아놓은 건 잊지 못하거든?"

"함정? 무슨 말이야? 난 모르겠는데."

"너 정말!"

"──거기까지!"

제지한 건 테츠히코였다.

드문 일이었다. 평소에는 웃으면서 지켜보더니.

"오늘은 예정이 빡빡하니까 싸움이라면 나중에 해줘."

쿠로하와 시로쿠사도 테츠히코의 그런 말에는 반론하지 못하고 심호흡을 하며 고쳐 앉았다.

"그래서 무슨 예정인데? 설마 네 하찮은 데이트를 말하는 건 아니겠지?"

시로쿠사는 완전히 화가 난 모양이었다. 상당히 신랄한 발언을 했다.

매몰찬 말투에도 테츠히코는 전혀 표정을 무너트리지 않았다.

"우선은 보고부터 할게. PV가 순조로운 것도 있어서 소이치로 아저씨께 어떤 사무소에서 연락이 왔어. 내용은 'PV 멤버로 아이돌 데뷔'의 이야기야."

"오, 대단하네!"

나는 무심결에 목소리를 높였다.

"요컨대 쿠로, 시로, 모모 세 사람으로 아이돌 유닛을 만들어서 데뷔하지 않겠냐는 거지?"

"맞아."

호오, 그렇구만. 역시 연예계는 돈 냄새를 잘 맡는걸.

선전도 없이 이틀 만에 50만 조회수라는 건 신인 아이돌에게도 쉽게 않다. 물론 인기 아이돌은 이 몇십 배나 대단하지만 선전과 실적이 뒷받침된 숫자였다.

이번에 조회수가 이 정도로 빠르게 올라간 건 분명 세간이 원하는 것을 제공했기 때문일 것이다. 물론 마리아의 지명도가 압도적이어서 그 영향도 있겠지만 세 사람을 함께 데뷔시키자는 제안이 있었다는 건 쿠로하와 시로쿠사의 잠재능력도 상당히 평가받은 게 틀림없다.

"그래서 오늘은 데뷔할 생각이 있는지를 묻고 싶은 건데, 세 사람의 생각은 어때?"

테츠히코가 묻자 세 사람은 동시에 말했다.

"──싫어."

"──관심 없어."

"──거절할게요."

만장일치로 그 자리에서 부결되었다.

"결정이 빠르구만! 저, 정말 괜찮아……? 어느 사무소에서 온 이야기인지는 모르지만 그렇게 나쁜 이야기 같지는 않은데……."

예상 밖의 전개여서 내가 다시 말을 꺼내자 우선 쿠로하가 말했다.

"아이돌에는 관심이 없는걸. 솔직히 돈을 받아도 하고 싶지 않아."

"뭐, 쿠로는 그렇겠지."

"나도 동감이야. 성격에 맞지 않아. 방송에 게스트로 불려가는 것도 싫은데."

"시로도 그런 타입은 아니니까……. 그런데 모모는 왜 싫은 거야?"

"처음부터 아이돌 노선으로 데뷔했다면 그다지 신경 쓰지 않고 아이돌을 했겠죠. 하지만 모모는 현재 아역으로 데뷔해서 배우의 지위를 쌓아왔어요. 배우 일을 좋아하기도 하지만 배우를 제쳐놓고 아이돌을 할 메리트도 느껴지지는 않네요."

들고 보니 납득되는 이유였다.

"알았어. 그럼 소이치로 아저씨께 연락해서 거절할게. 덧붙여서 앞으로 비슷한 이야기가 나왔을 때는 바로 거절해도 상관없는 거지?"

""이의 없어.""

"이의 없어요."

그렇게 아이돌 이야기는 바로 없던 일이 되었다.

나로서는 조금 아까운 느낌도 들었다.

강요할 수는 없지만 세 사람 모두 귀여워서 솔직히 또 보고 싶단 말이지…… . 적어도 군청 동맹의 기획으로 뭔가 해줬으면 하는데…… .

평판이 좋았으니 분명 테츠히코도 나중에 기획을 꺼내 볼 생각이겠지. 다음에 둘이서 의논해 봐야겠다. 여자애 중에서 한 명이라도 우리 쪽에 붙을 만한 아이돌 기획을 세우면 들어줄 가능성은 있을 것이다.

"그래서 이야기는 끝난 거야? 예정이 빡빡하다고 말한 것치고는 금방 끝났는데."

시로쿠사가 가시 돋친 말로 테츠히코를 공격했다.

하지만 테츠히코는 전혀 아랑곳하지 않았다.

"그럼 다음 이야기로 넘어가지. 너희에게 소개하고 싶은 녀석들이 있어."

소개라는 단어에 불온한 분위기가 감돌기 시작했다.

테츠히코는 부실의 문을 열며 복도를 향해 "들어와도 돼." 하고 말했다.

들어온 건 세 명의 남학생이었다.

첫 번째 학생은 야구 유니폼을 입었고 체격이 좋았다. 머리카락은 짧았고 뺨에 흉터가 있었다.

두 번째 학생은 테니스복 차림이었다. 중성적인 외모의 쿨한 미남이었지만 머리카락이 지나치게 길어서 조금 기이한 분위기가 느껴졌다.

세 번째 학생은 겉모습부터 장난 아니었다. 아마도 서양 쪽 유학생인 듯한데 칙칙한 갈색 곱슬머리에 안경을 쓰고 있었다. 그런데 문제는 교복 상의의 단추를 전부 풀고 드러낸 티셔츠에 마리아의 얼굴이 프린트되어 있다는 점이었다. 게다가 이마에는 '여동생 러브'라고 궁서체로 적은 반다나를 두르고 있다.

세 사람은 들어오자마자 제각기 갈색 봉투를 테츠히코에게 건넸다.

"……야, 테츠히코. 그거 뭐 받은 거야."

"소개료인데?"

"그런 짓을 눈앞에서 하는 건 관두지?"

"알았어, 임마. 여기 있는 멤버에게는 이 돈으로 뭔가 사줄 테니까."

"그럼 어쩔 수 없지."

"하루! 어쩔 수 없긴 뭐가 어쩔 수 없어! 우리를 팔아넘긴 돈이나 다름없잖아! 차암, 완전히 테츠히코 군에게 나쁜 물이 들었어!"

쿠로하의 주장은 지당했다.

내가 반성하고 있으니 느닷없이 우람한 목소리가 울려 퍼졌다.

"으으음~ 끝내줘! 역시 시다 양의 '차암'은 최고야!"

감탄한 목소리로 말한 건 야구 유니폼을 입은 남학생이었다.

"야, 테츠히코, 이 녀석 누구야……."

"자기소개할 거지?"

테츠히코가 재촉하자 그 남학생은 선수 선서라도 하는 것처럼 손을 허리 뒤로 돌리며 똑바로 섰다.

"물론이지! 나는 2-H의 오구마! 야구부 주장이야! 이번에는 시다 양의 팬클럽 '싫어 동맹'을 결성한 것을 알리러 왔어! 앞으로 잘 부탁해!"

…………쿠로하의 팬클럽? 뭐? 진짜로?

뭐, 쿠로하의 용모, 인기, 사교성을 생각하면 있어도 이상하지는 않는데…….

"PV가 공개되고 팬이 급증해서 팬클럽을 결성했댔나?"

테츠히코가 캐묻자 오구마는 고개를 좌우로 내저었다.

"아니야! 결성은 사실상 1학년 때부터였지! 우리는 PV가 공개되기 훨씬 전부터 시다 양을 숭배하고 기리며 정보를 교환해

왔었어! 그렇지만 겉으로 드러내면 폐가 되리란 생각에 감추고 있었을 뿐이야!"

"…………."

쿠로하의 표정이 흐려졌다.

심정은 이해한다. 이런 질겁할 이야기를 당당히 말하면 그런 표정이 되는 것도 당연하지.

"그럼 왜 이제 와서 밝힌 건데."

"PV가 공개되고 자칭 팬이 늘어서 시다 양이 곤란한 모양이 니까! 팬으로서 간과할 수 없어! 그래서 결성된 게 '싫어 동맹' 이야! 우리의 목적은 시다 양의 행복이지! 시다 양, 앞으로 무슨 일이 있으면 언제든지 불러줘!"

고백제에서 '――싫어' 하고 말했을 때와 똑같이 웃으며 쿠 로하가 말했다.

"――그럼 해산해."

"크헉?!"

대단한데. 설립을 선언한 순간에 해산 명령을 받아…….

뭔가 불쌍해지기 시작했는데…….

"비켜."

테니스복을 입은 남학생이 오구마를 밀쳤다.

그리고 향한 곳은―― 시로쿠사의 앞이었다.

"훗, 나는 2-F의 나바야. 테니스부 부장이지."

나바는 정중히 인사하며 가슴까지 오는 기다란 머리카락을 휘 날리며 기사처럼 무릎 꿇었다.

"카치 시로쿠사…… 나는 너를 위해 팬클럽을 만들었어……
이름은 '절멸회'…… 너를 위해 일하고 받들어 모시는 이들이
모였지…… 뭐든지 명령해줘……."

그렇군, 쿠로하의 팬클럽이 있다면 당연히 시로쿠사의 팬클
럽도 있겠지……. 세간의 지명도로 말하자면 시로쿠사 쪽이 압
도적으로 위니까…….

내가 불안한 눈으로 바라보고 있으니 시로쿠사가 단호하게 내
쳤다.

"──소름 끼치니까 다가오지 마!"

"흐읍?!"

듣고만 있어도 괴로워지는 것 같은 무시무시한 거절이었다.

시로쿠사의 얼굴에는 혐오가 드러나 있었다. 이런 얼굴로 노
려보면 나는 재기할 수 없을 것이다.

이건 대미지가 상당하다고 생각하며 나바를 살펴보니──.

"역시 카치 시로쿠사…… 최고야……."

기쁨에 떨고 있었다.

좋아, 시로쿠사 잘한다. 이런 녀석들은 절멸시켜버려.

"야, 테스히코. 뭐야, 이건. 콩트라도 하는 거야?"

"아니, 딱히?"

"머리가 이상한 애들밖에 없는 데다가 1초 만에 해산되고 있
다만."

"나는 소개료만 받았을 뿐 뒷일은 아무것도 보장해준 적 없으
니까 뭐 아무래도 좋지 않아?"

"책임지고 싶지 않은 기분은 이해하는데 마지막 한 명은 분위기부터 장난 아니잖아."

나는 안경잡이 유학생을 보았다.

티셔츠만 봐도 마리아의 팬이라는 건 알 수 있었다. 그리고 이때까지의 전개를 생각한다면 이곳에 온 이유는 말하지 않아도 뻔했다.

"나는 3-A의 조지. 조지 선배라코 불러. 출신지는 영쿡. 얼마 전카쥐만 해도 애니 연구부의 부장이어쒐."

특이한 악센트의 짝퉁 일본어……라고 하면 될까.

뭐라고 할까, 짜증이 확 나는 억양이었다. 처음부터 끝까지 수상했다.

조지 선배는 점점 자기만의 세상에 몰두해서 말에 열기가 띄기 시작했다.

"동경하던 일본에 와서 나는 발견해쒐…… 바로 여동생! 그래! 감천되는 키분이어쥐! 이것이 키적의 만남! 재패니즈 여동생 최고~!"

"에잇."

나는 조지 선배에게 로우킥을 먹였다.

"노오오~!"

그렇게 강하게 차지는 않았는데 조지 선배는 깜짝 놀랄 정도로 팔다리가 가늘었다. 상당히 아팠는지 "오오옥~!" 하고 신음하며 바닥을 데굴데굴 굴렀다.

"스에하루, 웬일이냐. 네가 처음 보는 사람에게 손찌검을 하다니."

"아니, 뭐라고 할까, 바로 처리해야 한다는 생각이 들어서. 이래 봬도 난 모모의 오빠기도 하니까."

"스에하루 오빠……."

마리아가 눈을 글썽거렸다.

그런 반응을 보이니 썩 나쁘지 않은 기분이었다.

"고마워요, 스에하루 오빠. 하지만 괜찮아요. 이래 봬도 연예계의 풍파를 겪어왔으니까요."

마리아는 데굴데굴 구르는 조지 선배에게 손을 내밀었다.

"괜찮으신가요?"

"오마이갓!"

마리아가 말을 걸자 조지 선배가 그 자리에서 부활했다.

이보쇼, 전혀 아무렇지도 않잖아…….

어째서인지 이미 대미지 하나 없는 조지 선배가 온몸으로 열변을 토했다.

"마리아 양! 들어주쉐요! 마리아 양을 위해서 팬클럽을 만드렀쉐요! 그 이름은 바로 '오빠 길드!'"

"에잇."

"오우?!"

내가 재차 로우킥을 먹이자 조지 선배가 다시 바닥을 굴렀다.

"미안, 팬클럽명이 내 한계를 넘어서 버려서 그만."

"하루, 심정은 이해하지만 선배에게 폭력은……."

"스짱, 폭력은 좋지 않아. 증거가 남잖아. 할 거라면 말로 공포를 심어주는 쪽이 좋아."

"여러분도 가차 없으시네요."

마리아는 웅크리고 앉아서 바닥에 누운 조지 선배를 쿡쿡 찔렀다.

"저기, 조지 선배님. 팬클럽 설립 감사합니다. 일어날 수 있으세요?"

"오오! 괜찮아요! 괜찮습니다! 코마워요!"

조지 선배는 만면에 웃음을 지으며 기운차게 일어났다.

"그런데 모모는 불안한 점이 있어서요……."

"왓?!"

"모모에게는 사무소가 운영하던 공식 팬클럽이 있었는데 사무소를 관두면서 지금은 해산되었거든요. 그래서 사적인 팬클럽을 공인할 수도 없고 너무 눈에 띄게 행동하는 것도 곤란해서요……. 조지 선배님이 리더시라면 팬클럽을 잘 관리해주실 수 있나요?"

"아이 언더스탠."

조지 선배는 중지로 안경을 밀어 올렸다.

"여동생 이즈 갓. 갓의 의켠은 올습늬다. 조지에게 맡겨주쉬길."

"잘 부탁드릴게요."

쿠로하와 시로쿠사는 팬클럽을 거절했지만 마리아는 비공식이지만 인정했다고 봐도 되겠지. 그런 만큼 기쁨이 컸는지 조지 선배는 흥분해서 소란을 피웠다.

"…………."

나는 왠지 모르게 석연치 않은 기분이 들었다.

알고 있다. 쿠로하, 시로쿠사, 마리아 모두 무척 인기가 많다는 건.

솔직히 나 같은 놈보다 훨씬 인기인이겠지. 나에게 팬클럽이 생긴 지금 세 사람에게 팬클럽이 없는 쪽이 이상하다.

그건 알고 있지만…… 가까이에 있던 세 사람이 멀어진 듯한 기분이 들어서 조금 쓸쓸해졌다.

정말이지 이기적인 감상이었다. 나는 자신의 팬클럽을 인정했으면서 세 사람에게는 팬클럽이 있으면 석연치 않다니 지독한 독점욕이라고 할 수 있었다.

내가 생각해도 한심──.

"──."

그때 휴대전화가 진동했다. 화면을 확인하니 에스카와에게서 메시지가 와 있었다.

『팬클럽 멤버와 의논해봤는데 괜찮으면 내일부터 이어지는 3일 연휴 중에 시간을 낼 수 있어?』

『모처럼 같은 학교에 다니니까 이야기를 나눠보고 눈도장을 찍고 싶다는 의견이 나왔거든.』

『실은 이미 세 파트로 시간대를 정해서 파트마다 갈 수 있는 멤버도 조정해놨어. 안될까?』

아, 흐음.

3일 연휴라……. 군청 동맹의 회의 말고는 딱히 예정은 없는데…….

군청 동맹도 다음 기획을 논의할 뿐이지 급한 촬영 같은 것도 없고. 지금까지 바빴으니 잠시 휴식 기간을 갖자고 테츠히코가 말했었다. 어차피 그 녀석은 데이트할 시간이 필요할 뿐이겠지만.

그나저나…… 그건가.

'휴일에' '여자애들에게 둘러싸여서' '추켜세워진다'는 건가.

지금까지 휴일에는 집에서 게임을 하거나 퍼지게 자거나 테츠히코와 적당히 놀러 나갈 뿐이었는데…… 설마 그런 날이 올 줄이야…….

크크큭, 훌륭해……! 팬클럽 훌륭하잖아……!

『지금 클럽 활동 중이니까 나중에 연락할게. 3일 연휴는 그다지 예정이 없으니까 하루 정도는 시간을 맞출 수 있을 거야.』

우선은 이렇게만 보내뒀다.

이거 참~ 팬클럽 애들과 만난다니 어떤 느낌이려나…….

저번에 둘러싸였을 때 보니 귀여운 애들이 많았는데……. 그 애들이 내 팬이고 나에게 어필하고 싶어서 주체를 못 한다는 건…… 요컨대 마구 스킨십을 당할 수도 있다는 말인가……. 혹시 므흣한 전개도가 있을 수도……!

아주 훌륭해! 신은 있었다!

"후후후후……."

팬클럽 리더들이 뭔가 여자애들에게 열심히 어필하고 있었지만 나는 나만의 세계에 빠져 있었다.

그래서 깨닫지 못했다.

세 여자애가 눈을 빛내고 있었다는 것을.

*

내일부터 3일 연휴여서 간식거리를 잔뜩 사고 귀가하는 도중에 쿠로하의 연락을 받았다. 『오늘 밤에 엄마가 저녁 먹으러 오지 않겠냐는데 어때?』라는 내용이었다.

대개 주에 한 번 정도의 빈도로 권유가 온다.

쿠로하의 어머니인 긴코 아줌마는 간호사시다 보니 저녁 근무나 심야 근무가 있어서 저녁 식사 시간에 언제나 집에 계시지는 않았다. 불규칙한 근무 시간으로 바쁘신 데다가 청소나 세탁 등의 가사도 있는 긴코 아줌마가 일을 정리하고 나를 저녁 식사에 부르는 날이 대개 주에 한 번꼴이었다.

여름 방학 동안에는 쿠로하와 얼굴을 마주하기 거북해서 대충 둘러대고 거절했었는데 지금은 특별히 예정이 없으면 감사히 얻어먹었다.

아무튼 그런 이유로――.

"잘 먹겠습니다!"

"""""잘 먹겠습니다!"""""

권유에 응한 나는 시다가에 와 있었다.

시다가의 식탁은 시끌벅적했다. 나를 포함해 일곱 명이나 되니 당연했다.

시다가 네 자매에 부친인 미치카네 아저씨, 모친인 긴코 아줌마, 그리고 나까지 해서 일곱 명이다.

"스에하루, 뭐니? 그거밖에 안 먹어? 좀 더 먹으렴!"

하하하, 하고 호쾌하게 웃은 긴코 아줌마가 대접의 함박스테이크를 잔뜩 퍼서 건네주셨다.

"아니, 그렇게는 못 먹어요."

"무슨 말이니! 남고생이면서!"

"남고생이라도 개인차가 있어요."

"그럼 미도리, 네가 먹으렴."

"나도 테니스 은퇴해서 패스! 예전 같은 페이스로 먹었더니 지방이 좀 붙기 시작했단 말이야……."

"너는 나랑 닮아서 지방이 가슴으로 가니까 괜찮아! 아오이와 아카네는 아직 모르니까 조심하는 편이 좋을지도 모르겠네."

"차암, 엄마도……."

아오이가 얼굴을 붉혔다. 아카네는 반응하지 않고 묵묵히 먹었다.

부친인 미치카네 아저씨가 우리를 도와주셨다.

"긴코 씨, 아오이도 부끄러워하고 스에하루 군도 곤란해 하잖아. 먹고 싶은 만큼 먹으면 충분하지 않아?"

"뭐, 당신이 그렇게 말한다면야."

그렇게 말하며 긴코 아줌마가 순순히 물러나셨다.

긴코 아줌마는 호쾌함을 온몸으로 실천하시는 분이신데 미치카네 아저씨는 부처님 같은 분이셔서 언제나 온화한 미소를 지은 채 화내시는 모습을 본 적이 없었다.

시다가를 아는 사람은 이렇게 말한다. 시다가는 부친이 어머니 같고, 모친이 아버지 같다고.

신체적으로도 긴코 아줌마는 체격이 커서 미도리와 같은 170센티미터셨다. 미치카네 아저씨는 왜소하셔서 신장이 158센티미터로 긴코 아줌마보다 10센티미터 이상 작았다. 쿠로하, 아오이, 아카네 세 사람이 키가 작은 편인 건 아마도 미치카네 아저씨에게서 유전된 거겠지.

성격을 보아도 네 자매는 각자 양친의 특징을 물려받았다. 긴코 씨와 체격이 같은 미도리는 언뜻 보기에는 성격도 비슷한 것 같지만 세세한 곳을 보면 다른 면도 많았다.

예를 들어 청소를 시켜보면 미도리는 묘하게 세세한 부분에 집착하는 버릇이 있었는데 이런 점은 대학교수이며 연구자 기질이신 미치카네 아저씨와 비슷했다. 한편 쿠로하는 세심한 듯 보여도 '이 정도면 되겠지' 하고 넘어갈 때가 많아서 긴코 씨의 대범함을 가장 많이 물려받았다.

미치카네 아저씨와 가장 닮은 건 틀림없이 아카네일 것이다. 뛰어난 집중력으로 몰두하는 부분이나 커뮤니케이션이 서툰 부분은 미치카네 아저씨와 빼닮았다. 아오이는 양친의 중간이라는 분위기지만 성격이 온화하고 몸이 작으니 굳이 말하자면 미치카네 아저씨와 닮았다고 할 수 있을 것이다.

"그러고 보니 스에하루, 학교는 어떻니?"

"딱히 다를 건 없어요."

"공부는?"

"여, 열심히 하고 있다니까요."

"정말로? 저번 주에 다큐멘터리와 진 엔딩이 공개되었잖니. 그래서 여러 가지로 들떠있지 않아?"

긴코 아줌마는 내 학교생활에도 사정없이 한마디 하셨다. 우리 어머니와 친구셨던 것도 있어서 어머니가 돌아가신 뒤에 어머니 대신 나를 돌봐 주려고 하시기 때문이다.

"들뜨진 않았어요."

그래서 나는 긴코 아줌마가 조금 어렵기도 했다. 물론 꺼리는 건 아니었지만.

"흐음, 그렇구나, 하루. 팬클럽이 생겼는데 말이야."

덜그럭, 하고 소리가 났다. 아오이가 밥그릇을 떨어트린 소리였다.

"죄, 죄송해요⋯⋯!"

아오이는 황급히 테이블에 흘린 밥을 치우고 부엌으로 행주를 가지러 갔다.

"아하하, 스에하루의 팬클럽이라고? 쿠로 언니, 말이 되는 농담을 해야지!"

"사실이야. 오늘 교실로 팬클럽 리더가 인사하러 왔었는걸."

"팬, 팬클럽⋯⋯? 하루 오빠에게⋯⋯? 하루 오빠 혹시 하렘을 만드는 거야⋯⋯?"

으음, 여전히 아카네는 머리 회전이 너무 좋은 나머지 이야기가 다른 차원까지 비약한다.

"아카네, 일본에서 하렘은 무리야."

"그건 법률상의 이야기야. 사실상 가능해."

"법의 틈새를 비집고 들어가는 거야?! 아니, 그런 생각 안 한 다니까. 팬이라고 해주는 애들이 있으니 감사하다는 느낌일 뿐이고."

"감사하니까 함께 놀러 가거나?"

"그래그래, 놀러── 그런 게 아니라니까, 쿠로!"

무섭다……. 쿠로하 녀석, 은근슬쩍 주말 예정을 자백하게 유도하잖아…….

"뭐가 아닌데?"

"아니, 그러니까 정말로 아무것도 아니라니까!"

내가 열심히 부정하고 있으니 고맙게도 미도리가 대화에 끼어들었다.

"그나저나 별난 사람들도 다 있네. 스에하루잖아. 팬클럽? 말도 안 돼~. 빨리 평소의 허술한 모습을 영상으로 찍어서 올리는 편이 낫지 않아? 안 그러면 사기가 되잖아."

"시끄럽거든, 미도리."

테이블을 다 닦은 아오이가 자리로 돌아왔다.

미도리는 단무지를 오도독오도독 씹고 있었다.

"근데 말이야, 실은 우리 중학교에도 있긴 해…… 스에하루의 팬. 내가 스에하루와 사이 좋은 걸 알고 만나게 해달라며 부탁한 애들이 이번 주에만 셋이나 있었어."

"알았어, 미도리. 나중에 연락처 보내줘."

"바보 스에하루 죽어버려. 스에하루가 얼마나 몹쓸 놈인지 하나하나 알려주면서 기대를 배신당할 뿐이니까 영상만 보고 즐기는 편이 낫다고 설득해뒀거든."

"야 임마!"

"아무렇지도 않게 중학생에게 손대려 하지 말라고, 이 로리콘아!"

"둘 다 밥 먹다가 일어나지 말렴!"

긴코 아줌마에게 혼이 나서 나와 미도리는 마지못해 도로 앉았다.

"스에하루, 넌 휩쓸리기 쉬운 성격이니까 우쭐하면 안 돼! 알겠니?"

"예입."

저녁 식사를 끝내는 게 언제나 대충 오후 8시 무렵이었고 그 뒤에는 1시간 정도 거실에서 이야기를 나누거나 게임을 하고 9시 즈음에 돌아가는 게 패턴이었다.

저녁 식사 뒤에 아이들은 긴코 아줌마가 만들어주신 푸딩을 들고 텔레비전 앞으로 이동했고 어른 두 분은 식탁에서 술을 마시기 시작하셨다.

"그런데 미도리한테 나와 만나게 해달라는 애가 있었다면 혹시 아오이에게도 그런 애가 왔었어?"

아오이는 쓴웃음을 지었다.

"솔직히 말하면 부탁받을 때는 있어요."

"역시."

"하지만 하루 오빠에게 폐가 되니까 폐를 끼칠 수는 없다는 이유로 전부 거절했어요."

"그야 너무 많으면 곤란하지만 그렇게 폐가 될 정도는 아닌데……. 아오이 부탁이라면 가능한 범위에서 들어줄 수 있어."

"야, 스에하루. 아까 나랑 이야기했을 때와는 왜 말투가 전혀 다르냐."

"그도 그럴 게 네가 소개해줄 만한 애들은 유행에 편승한 애들 같잖아. 그래서 농담으로 넘겨도 괜찮지만 아오이 주변엔 순수한 애들이 많을 것 같지 않아? 그렇다면 한 번은 만나는 편이 나을 것 같아서."

"차별하지 마!"

고추기름을 뿌린 푸딩을 먹고 있던 쿠로하가 투덜댔다.

"하루, 그런 건 '공평함'이 중요하지 않아? 미도리의 소개니까 안 되지만 아오이의 소개니까 괜찮다고 하는 건 좋지 않다고 보는데."

"……뭐, 그렇긴 하네."

"그렇다면 일단은 양쪽 모두 만나지 않는 게 낫다고 봐. 그렇지 않아도 팬클럽이 생겼잖아. 수습이 안 될 게 뻔해."

"그러게. 알았어. 미도리도 아오이도 그렇게 부탁할게."

"알았다고."

"저도 그 결론이 낫다고 생각해요."

그때 옆에서 아카네가 내 소매를 잡아당겼다.

"하루 오빠, 혹시 환경이 변해서 뭔가 곤란한 일이 생기면 뭐든지 말해줘. 내가 도와줄 테니까."

아카네가 나를 똑바로 바라보았다. 묘하게 힘이 담겨있다고 할까, 필사적인 느낌마저 들 정도였다.

여동생 같은 애이자 남모르게 의지하고 있는 아카네에게 그런 말을 듣고 나는 기뻐졌다.

"고마워, 아카네. 그럼 곤란해지면 사양하지 않고 상담할게."

내가 아카네의 머리를 쓰다듬어주자 아카네는 시선을 돌렸다. 표정은 그다지 변함이 없었지만 뺨이 붉어져 있었다. 부끄러워하고 있다는 건 보기만 해도 알 수 있었다.

식탁에서 긴코 아줌마의 목소리가 날아들었다.

"스에하루, 너 어느새 또 인기인이 되어버렸구나? 그런데 네 미덥지 못한 성격을 생각하면 그대로 이상한 여자에게 넘어가 버릴 것 같은데."

"너무해요, 긴코 아줌마. 그럴 일 없다고요."

"없긴 뭘 없니. 그렇게 되기 전에 우리 애 중에서 고르는 게 어때? 다들 날 닮아서 귀엽잖아?"

"푸흡?!"

나는 무심코 뿜고 말았다.

"넷이나 되니까 딱히 둘이든 셋이든 상관없지만 그래도 그건 법률상 안 되니까 한 명만 고르렴."

"그런 문제가 아니라고요!"

"…………."

"…………."

"…………."

"…………."

네 자매 모두가 붉어진 채 입을 다물었다.

긴코 아줌마 그러시지 마세요! 엄청나게 거북해졌잖아요! 엄마가 해도 될 발언이 아니라 술 취한 아저씨나 할 말이라고요!

"긴코 씨, 술을 너무 마신 거 아니야? 애들이 곤란해 하잖아."

"이제 막 시작했는데~?"

"스에하루 군, 미안하구나. 최근에 긴코 씨가 바빠서 오랜만에 마시는 거라 금방 취한 모양이야."

"아니에요, 신경 쓰지 마세요."

시계를 보니 마침 아홉 시가 되려 하고 있었다.

"마침 시간도 늦었으니 이만 갈게요. 저녁 잘 먹었습니다."

"아, 하루. 그러고 보니 클럽 활동 일로 할 이야기가 있었는데."

"응? 뭔데?"

"집까지 배웅할게. 별일은 아니니까 가면서 말하지 뭐."

"그래? 알았어."

집까지 배웅한다고는 해도 옆집이었다. 일반적이라면 여자애의 배웅을 받는 건 말도 안 되지만 밤길 걱정은 없었다.

그런 이유로 함께 시다가를 나섰다.

온종일 내리던 가랑비도 그쳐서 밤하늘이 보였다.

다행이다. 이런 상태라면 모레는 화창할 것 같았다.

"쿠로, 무슨 일이야?"

우리 집까지는 1분도 걸리지 않는다.

그래서 나는 시다가의 현관 앞에서 멈춰 섰다.

"미안, 그거 거짓말이었어."

"뭐?!"

놀라는 나를 무시하며 쿠로하는 스윽 다가오더니 자연스러운 움직임으로 내 팔에 기댔다.

"……?!"

가을도 깊어져서 쌀쌀함이 느껴지기 시작했다 보니 쿠로하에게서 전해져 오는 체온이 무서울 정도로 존재감을 과시하며 나를 두근거리게 했다.

"쿠, 쿠로, 여기 현관 앞인데……?!"

"나는 하루의 '소꿉여친'이니까 조금 정도는 알콩달콩한 시간을 보내도 괜찮잖아."

"으으…….."

강렬해!!!

쿠로하의 공격은 여전히 무시무시했다. 뇌가 휘저어지는 듯한 임팩트가 있다. 좋은 냄새도 나고…… 안 되겠다, 뭔가 어질어질해지는데…….

"그런데 하루와 단둘이 있을 시간도 별로 없고. 그렇지만 이런 시간에 하루네 집에 갈 수도 없으니까 조금만 이러고 있을게."

윽, 엄청난 배덕감이 밀려왔다.

조금 전까지 쿠로하네 가족과 함께 있었다. 웃는 얼굴로 담소를 나눴다.

그런데 현관 바로 앞에서 우리는 스킨십을 나누고 있었다. 거실에서 웃음소리가 들려왔다.

가정의 온기가 느껴지는 장소에서 비일상적인 야릇한 분위기가 감돌았다. 거기에 밤이라고는 해도 언제 사람이 지나가도 이상하지 않은 길가였다.

……위험해.

위험해위험해위험해…….

이런 장소에서는 안 된다고 생각할수록 고동이 빨라지며 동시에 현기증과도 비슷한 도취감이 들었다.

쿠로하는 내 손을 매만지듯이 쥐며 손가락 사이로 깍지를 꼈다. 그리고——.

그대로 손가락을 꺾었다.

"아얏?!"

뭐, 뭐야?! 좋은 분위기 아니었어?!

아니, 그보다 그만! 손가락이 위험한 각도까지 꺾였다고……!

"쿠, 쿠로, 느닷없이 뭐야……?!"

내가 통증을 참으며 묻자 쿠로하는 손가락에 힘을 줬다.

"응? 모르겠어? 정말로?"

"아얏! 아니, 진짜 모르겠다니까! 저, 적어도 힌트라도……!"

"——팬클럽."

나는 즉시 엎드려 빌었다.

"죄송합니다……."

"……그거뿐이야?"

"들떠 있었습니다……."

"그게 왜~? '소꿉여친' 관계는 다른 사람과 데이트를 해도 상관없으니까 내가 하루를 막을 권리는 없는데~?"

그렇게 말하면서도 노골적으로 불만스러워 보였다.

쿠로하는 한숨을 한 번 내쉬며 내 손을 당겨서 일으켜 세웠다.

"그래도 역시 막 '소꿉여친'이 된 거니까…… 좀 쓸쓸하다 싶어서."

끄으응, 엄청난 죄악감이 밀려왔다.

그런 말을 듣는 게 가장 괴로웠다. 완전히 바람피운 남자의 심경이었다.

"팬클럽 애들과 만날 약속을 했어?"

"윽…… 예, 옙…… 했습니다……."

"언제?"

"모레 토요일인데요……."

"집합 시간과 장소는?"

"시부야의 모아이상 앞에서 열 시요……."

"흐음, 그렇구나……."

히, 힘들다…….

혼나고 있는 건 아니지만 담담한 말투의 압박감이 내 심장을 쥐어짰다. 어쩌면 바람피운 사람이 증거 사진을 앞에 두면 이런 기분이 될지도 모르겠다…….

"저, 저기…… 역시 거절하겠습니다……."

나는 압박감을 더는 견딜 수가 없었다.

모처럼 쿠로하가 고백해줬는데 아무리 팬클럽이 생겼다지만 너무 들떠 있었다……. 반성하며 예정을 취소해야겠지…….

그러나——.

"그렇게까지 할 필요는 없지 않아?"

이상하게도 쿠로하는 태연한 표정으로 말했다.

"이번 집단 데이트에 엣짱도 오지?"

"집단 데이트……."

으윽, 그런 말을 들으니 무진장 나쁜 짓을 한 기분이 들잖아!

"거기서 충격받지 말고. 와?"

"응, 에스카와도 함께 와."

"그럼 적어도 이번에는 이상한 분위기가 되지는 않을 것 같으니까. 모처럼 팬클럽이 생겼으니 팬미팅이라고 하나? 한 번도 못 하게 하면 불쌍하다 싶어서."

"그, 그렇지?! 팬미팅도 못 하면 불쌍하지?!"

"왜 기운이 나는 건데?"

"아, 아닌데? 서 있을 힘도 없는데?"

내가 생각해도 이상한 변명을 하자 쿠로하가 깊게 탄식했다.

"절도만 지켜주면 화는 안 내. 그래도 쓸쓸하다고 생각하는 건 사실이니까."

"으윽."

심장에 안 좋다…….

밖에 나와서 쿠로하와 잠시 이야기를 나눴을 뿐인데 기뻐지고 쑥스러워지고 두근거리고 손가락이 꺾여서 아프고…… 죄악 감도 엄청나고…… 허둥대기만 할 뿐이었다.

"……미안. 하루가 여자애들에게 둘러싸이니까 좀 질투 났어."

쿠로하가 미안하다는 듯이 웃었다. 역시 조금 쓸쓸한 기색이 엿보였다.

이런 얼굴을 하니 나로서는 이렇게 말할 수밖에 없었다.

"아니, 내가 너무 들떠 있던 게 나쁘지. 모레 모임은 이미 약속했으니 가겠지만 그렇게 걱정하지 않아도 돼."

"정말이지? 여자애들 앞에서 헤벌쭉하지 않아?"

"윽…… 조금은…… 할지도…… ."

"뭐, 이번에는 조금 정도라면 봐줄게. 하루를 믿고 있으니까."

생긋 미소 짓는 쿠로하에게 이끌려서 나도 웃었다.

"응, 고마워!"

"그럼 너무 오래 걸리면 가족들이 의심할 테니까 그만 갈게."

그렇게 말하며 쿠로하가 몸을 돌렸다.

"쿠로, 잘 자."

"응, 하루도 잘 자."

그렇게 서로 등을 돌리고 집으로 돌아갔다.

쿠로하가 이해를 해줘서 다행이다.

나는 그렇게 생각했지만── 생각이 물렀을지도 모르겠다.

"굴러온 돌에 빼앗기는 것만큼은 용납 못 해…… ."

쿠로하가 집단 데이트의 정보를 흘린 건 그로부터 바로였다.

*

쿠로하에게서 데이트 정보를 받은 마리아는 베란다에서 식후의 아이스크림을 먹으며 잠시 고민했다.

아이스크림을 다 먹은 차에 결론이 나와서 집으로 돌아가 핫라인의 단체방 '마루 스에하루 팬클럽 박멸 전선'에 메시지를 보냈다.

『모레 있을 스에하루 오빠의 집단 데이트 말인데 함께 미행하지 않을래요? 딱히 관심 없으신 분은 안 오셔도 되는데요.』

그러자 쿠로하와 시로쿠사 양쪽에게서 바로 『갈래.』하고 답변이 돌아왔다.

마리아는 집합 시간과 장소의 조정이 일단락된 뒤에 이번에는 예비용으로 계약해둔 휴대전화를 꺼내어 누군가에게 전화를 걸었다.

"조지 선배님 안녕하세요. 모모사카 마리아예요. 오늘은 인사하러 와주셔서 감사합니다. 갑자기 전화했는데 괜찮으신가요?"

"노오오?! 처, 청말로…… 마리아 양?!"

"예, 맞아요."

"노오오! 오마이갓! 신은 있었쓰습니다……."

"부탁드릴 일이 좀 있는데 괜찮으실까요……?"

"물논이죠! 모든 말하세요!"

"실은…… 스에하루 오빠가 팬클럽 사람들과 집단 데이트를 한다는 정보를 구해서요……. 쿠로하 선배님과 시로쿠사 선배님이 신경 쓰인다며 미행하려는 모양인데 어쩌면 두 분과 스에하루 오빠의 팬클럽 분들 사이에서 싸움이 날지도 몰라서요."

"마리아 양이 뭘 컥정하는지 알게쒀요! 분명 싸움이 나겠죠!"

"그래서 이 정보를 쿠로하 선배님과 시로쿠사 선배님의 팬클럽 리더에게 몰래 전해주셨으면 하는데……."

"오오…… 그러쿤요. 만약 싸움이 났을 때 두 사람을 도와줄 사람을 마련해두는 커군요."

"맞아요. 그런데 모모는 오구마 선배님과 나바 선배님의 연락처를 모르고 쿠로하 선배님과 시로쿠사 선배님도 연락처를 교환한 분위기는 아니었거든요."

"확실히 두 사람은 팬클럽 자체를 부쩡해쑤니 교환하지 않았죠. 그런데 왜 그러케까지 하나요?"

"두 분은 군청 동맹의 소중한 선배님들이시니까요."

"마리아 양은 쌍냥하쉬네요……. 아이 언더스탠. 맡겨만 주쉐요."

"감사합니다."

"마리아 양도 크날 가나요?"

"예. 스에하루 오빠의 신부는 모모로 정해져 있지만 **가련한 선배님들**을 곁에서 지켜보는 것도 후배의 역할이니까요……."

"오오, 마리아 양은 기특하쉬네요……."

"아뇨, 뭘요. 하지만…… 그렇네요. 말할까 망설였는데 실은 선배님들의 바람을 이룰 방법이 있어서요. 될 수 있으면 모모의 생각이라는 건 말하지 말고 조지 선배님께서 오구마 선배님과 나바 선배님에게 제안해주시면 감사하겠는데요……."

"맡겨만 주쉐요!"

……………….

…………….

…….

이걸로 준비는 끝났다.

마리아는 전화를 끊고 새 아이스크림을 냉동실에서 꺼냈다.

'쿠로하 선배님과 시로쿠사 선배님은 팬클럽을 받아들이지 않았어요…… 이 이점을 활용해야겠죠.'

물론 팬클럽이 좋기만 한 건 아니라는 것도 알고 있다. 두 사람이 받아들이지 않은 이유도 잘 안다.

그러나 방금처럼 정보교환이나 뒷공작 등을 적극적으로 맡아주는 인재는 귀중했다.

다만 관계를 이어나가려면 주의가 필요했다.

그 균형을 유지하기 위해 마리아는 레나에게 의뢰해서 조지 선배의 평판을 알아보았다. 레나는 갑작스러운 의뢰임에도 친구 요금으로 받아들이며 금방 답변해줬다.

그 결과── 실은 평판이 대단히 좋은 사람이었다.

『조지 선배는 말투가 이상하고 펑키한 분위기이기는 하지만 애니 연구부에서 부장을 맡았을 때는 부원들을 잘 이끌어서 존경을 받았어요. 친구 관계도 양호한데 처음에는 펑키함에 놀랐던 주위 사람들도 지금은 완전히 익숙해져서 유쾌한 유학생 같은 포지션으로 친하게 지내는 모양이네요.』

그리고 일단은 오구마와 나바에 관해서도 레나에게 가볍게 물어보았더니.

『그쪽은 둘 다 바보 같을 뿐이지 해로운 사람은 아니라는 느낌이네요. 적어도 팬클럽 설립 전부터 유사 팬클럽 같은 모임을 가졌지만 시다 선배님과 카치 선배님에게 말을 붙이지는 않았어요.』

이런 대답이 돌아왔다.

그렇다면 두 사람이 입에 담았던——.

'우리의 목적은 시다 양의 행복이지! 시다 양, 앞으로 무슨 일이 있으면 언제든지 불러줘!'

'너를 위해 일하고 받들어 모시는 이들이 모였지…… 뭐든지 명령해줘…….'

라는 말은 정말로 솔직한 마음이었다고 생각해도 괜찮을지도 모른다.

'그렇다면 집단 데이트에 불러오는 편이 수월하겠네요…….이상한 사람들이었다면 쿠로하 선배님과 시로쿠사 선배님에게 면목이 없었겠지만 절도를 지키는 팬이라면 안 좋은 일이 일어나지는 않겠죠……. 모모는 조지 선배님을 통해 팬클럽 리더들을 움직일 수 있는 입장이고 수단은 많을수록 좋으니까요…….'

다만 그렇다고는 해도 이렇게 상황이 혼란해지면 수습이 되지 않을 가능성도 있었다.

"뭐, 그것도 나쁘지는 않지만……. 일단은 다양한 케이스를 시뮬레이션해두는 편이 괜찮아 보이네요……."

마리아는 생각을 정리하기 위해 욕실로 향했다.

　소설의 아이디어가 막혔을 때 시로쿠사에게는 샤워를 해서 생각을 정리하는 습관이 있었다.

　카치가에는 설비가 갖춰진 욕실이 있지만 가볍게 샤워를 하기에는 너무 넓고 거기까지 가는 게 귀찮다는 이유로 시로쿠사는 방에 달린 샤워룸을 곧잘 이용했다.

　그리고 지금은 집필을 하는 건 아니었지만 머릿속이 복잡했기 때문에 샤워를 하고 있었다.

　'스짱이 팬클럽과 만나는 건 모레 토요일……'

　짜증이 치밀었다. 아까는 언짢은 마음에 스짱 인형을 무심코 발로 차서 벽까지 날려버렸을 정도였다.

　"바보 스짱……"

　팬클럽 여자애들에게 둘러싸였을 때 스에하루가 지었던 표정이 떠오르기만 해도 혈압이 바로 급상승했다.

　"스짱은 왜 그런 애들을 보고 헤벌쭉하는 거야……"

　시로쿠사는 나바라고 이름을 댄 남학생이 자신의 팬클럽 리더라고 인사했을 때의 일을 떠올렸다.

　'안 돼……. 그런 건 참기 힘들어……'

　떠올리기만 해도 닭살이 돋았다. 용모가 마음속에서 거부감이 든다거나 성격이 맞지 않는다는 것 이전에 모르는 사람이 강한 호감을 보이는 것 자체가 소름 끼쳤다.

속으로 무슨 생각을 하고 있는지 알 수 없다. 한때 자신을 괴롭혔던 사람 중에는 처음엔 실실거리며 다가온 경우도 많았다.

다른 사람에게 사랑받고 싶다는 생각은 안 한다. 정말로 소중하게 생각하는 사람이 몇 명 있으면 충분했다.

"하아……."

자신도 모르게 한숨이 흘러나왔다. 자신의 사고방식이 비뚤어졌다고는 생각하지만 이런 사고방식을 가졌기에 스에하루가 잘 모르는 여자애들을 보고 헤벌쭉하는 게 이해되지 않았다.

'시다 양이나 모모사카에게 헤벌쭉하는 건…… 그나마 이해가 돼.'

눈엣가시였지만 두 사람 모두 각자 자신에게는 없는 매력이 있다. 자신이 모르는 스짱과의 추억도 가지고 있었다. 물론 종합적인 매력, 호감도, 무엇보다도 '첫사랑 상대'라는 특별한 지위도 더하면 자신이 단연코 최강이고 완전무결하게 압승하고 있다는 건 의심할 여지가 없지만.

'그래, 그러니까 그 두 사람에게는 백 보 양보한다 쳐도…… 아니, 천 보 양보한다 쳐도…… 만 보…… 억 보…… 애초에 양보해야 하나? 정말이지 바보 같은 생각을 해버렸어.'

긴 흑발이 몸에 달라붙었다. 물 온도를 상당히 낮게 했는데도 머릿속은 뜨거워서 전혀 냉각되지 않았다.

"바보바보바보바보……."

머리를 식히려고 샤워를 했을 텐데 좁은 공간 때문인지 의식이 안으로 향해서 자신도 모르게 부정적인 생각만 하고 말았다.

시로쿠사는 심호흡을 했다. 그리고 호흡을 가다듬고 좋았던 일을 떠올리려고 했다.

'나는 솔직함이 중요하다고 생각해. 시로는 솔직해지지 못해서 스스로 자기 자신의 목을 옥죄고 있는 것처럼 보여.'

오키나와에서 스짱이 그렇게 말해줬다. 그리고 실제로 솔직하게 행동했더니 잘 풀렸다.

어쩌지. 이 불만도 솔직하게 표현해도 괜찮은 것일까.

"…………."

솔직하게 불만을 전해봐도 괜찮을지도 모른다. 물론 타이밍은 봐야겠지만.

솔직히 불만을 입에 담는 건 무서웠다. 짜증 나는 여자, 성가신 여자, 시끄러운 여자, 그런 식으로 스짱이 생각하면 살아갈 수 없다.

하지만 시다 양과 모모사카는 태연하게 간섭했다. 특히 시다 양은 수시로 스짱에게 화를 냈다. 말다툼도 했다. 그리고 자신은 그런 모습을 솔직히 부럽게 생각하고 있었다.

그래, 다음 스텝은 그 부분일지도 모르겠다.

'이건 중요한 스텝이야…….'

리스크가 있다. 같은 말이라도 말투 하나로 인상이 상당히 달라질 것 같다. 신중한 대응이 필요해진다.

남녀가 사귀고 결혼했을 때, 평생 싸우지 않는다는 건 있을 수 없는 일이겠지. 왕에게 간택된 평민 소녀처럼 상당한 상하관계가 있으면 별개일지도 모르지만 그런 건 지나치게 특수한 사례였다. 앞으로 자신과 스짱이 사귀었을 때 언젠가 싸우는 날이 오리라고 생각하는 게 자연스러울 것이다.

그렇다면 역시 간섭해야 한다. 불만을 입에 담거나, 서로 용서하거나, 그런 조율하는 작업을 할 수 있게 되어야 한다.

"……좋았어."

시로쿠사는 수도꼭지를 잠그고 샤워실을 나갔다.

샤워를 한 덕분인지 머릿속은 말끔해져 있었다.

"시로, 잠시 쉬지 않을래요? 오렌지 주스 가져왔는데요."

네글리제로 갈아입었을 때 문 너머에서 목소리가 들려왔다.

"고마워, 시온."

그렇게 말하며 방으로 들었다.

밤도 깊어서 시온은 파자마 차림이었다. 오렌지 주스와 함께 자신이 마실 핫밀크도 가져왔다.

시로쿠사는 오렌지 주스를 마시며 잡담 겸 오늘 부실에서 있었던 일을 이야기했다.

시온은 전말을 들은 뒤에 근처에 있던 스짱 인형 버전3(망상을 바탕으로 만든 중학생 버전)을 주워들고 목을 졸랐다.

"시로의 팬클럽이라고요? 나바 씨라…… 칫, 주제를 모르는게…… 멋대로 일을 벌이기나 하고…… 끝장내 버릴까요……."

"잠깐, 시온?! 스짱 인형에게 심한 짓은 하지 마!"

시로쿠사는 황급히 스짱 인형을 구출했지만 시온은 노여움이 가라앉지 않아서 후욱후욱, 하고 숨을 내쉬었다.

"시온, 미리 말해두겠는데 괜히 손을 쓰는 건 금지야. 이미 팬클럽은 거절했고 이 정도의 대응은 혼자서 충분하니까."

"……뭐, 시로가 그렇게 말한다면."

"그보다 팬클럽 리더들에 대해 아는 거 있어? 앞으로 또 접근해올지도 모르니까 알고 있으면 들어두고 싶어서."

시온은 태연히 말했다.

"오구마 씨와 나바 씨는 알아요. 작년에 같은 반이었거든요."

"어떤 사람들인데?"

"바보네요."

단도직입적인 논평이었다.

"오구마 씨는 생긴 대로 다 함께 요란을 떠는 운동부 스타일의 바보예요. 나바 씨는 미남이라는 평가도 조금은 있지만 장발 때문에 질겁하는 애가 많았죠. 뭔가 언제나 '훗…….' 하고 폼 잡는 부분이 최고로 바보 같았어요."

"그럼 불쾌한 사람들이구나."

"아뇨, 바보일 뿐이지 불쾌한 사람들은 아니었어요."

시로쿠사는 무심결에 눈을 깜빡였다.

"어? 그래……?"

"오구마 씨는 땀내 나지만 믿음직한 형님 같은 성격으로 학급의 리더격이었어요. 제 기억이 옳다면 그런 면을 평가받아서 지금 야구부의 주장을 맡고 있었을 거예요."

"그럼 나바 쪽은?"

"실은 작년에 통학로에서 비를 맞고 있는 버려진 강아지를 보고 우산도 없이 박스째로 끌어안고 집으로 돌아가는 나바 씨의 모습이 목격된 적이 있어요. 같은 반 여자애들 사이에서는 '장발은 진짜 별로지만 성격은 착한 것 같다'는 평가로 굳어졌었죠."

"둘 다 왜 태도는 그러면서 이상할 정도로 사람이 좋은 건데……."

시온은 언제나 과장하지 않았다. 무척 솔직한 의견을 들려준다. 다만 남자를 싫어하니 그걸 고려해서 들어야 한다고 생각했는데 이런 평가라면 상당한 고평가라 할 수 있을 것이다.

참고로 예전에 물었던 스에하루의 평가는.

'이 세상에 존재해서는 안 될 정도로 바보 천치 쓰레기에 시로 주변을 날아다니는 파리예요!'

라는 내용이었다.

시로쿠사는 반성했다. 팬클럽이래서 질겁했는데 좀 더 냉정히 봐야 할지도 모른다.

"아, 그럼 학생회 부회장…… 에스카와 토카란 애는 알아?"

"……?!"

시로쿠사가 놀랄 정도로 시온이 흠칫하며 등줄기를 폈다.

"시온…… 왜 그래?"

"아뇨, 아무것도 아니에요~."

"그럼 왜 눈을 피하는 건데?"

"아무것도 아니에요~."

으음…… 수상하다.

휘파람을 부는 시온을 보고 시로쿠사는 좀 알아봐야겠다고 생각했다.

제2장 카오스 데 데이트

*

토요일의 시부야는 당연하다는 듯이 수많은 인파로 떠들썩했다.

쾌청한 날씨. 더위도 많이 가서서 긴소매로 걷기에 딱 좋은 기온이었다. 절호의 데이트 데이라고 할 수 있겠지.

나는 자신의 옷을 보았다.

심플한 긴팔 티셔츠에 스키니 팬츠이지만 이래 봬도 어제 옷가게에서 끈질기게 테츠히코에게 사진을 보내서 '구려.'라는 소리를 열 번 정도 들은 끝에 '아슬하게 합격.'이라는 답변을 받았던 복장이었다.

뭐, 딴생각이 있는 건 아니지만 쿠로하 말고 다른 여자애와 외출하는 건 오키나와 여행을 제외한다면 전혀 없으니까. 특히 이번에는 여자애들이 많이 오니까 역시 차림새는 단정해야 하지 않겠어? 정말로 딴생각이 있는 건 아니지만.

아직 아무도 오지 않아서 내가 들뜬 채 옷매무시를 가다듬거나 망상을 하고 있으니 핫라인으로 메시지가 왔다.

──쿠로하였다.

『믿고 있을게!』

······································가슴이 아프다.

죄악감이 엄청난데……. 그나저나 어떻게 이런 절묘한 타이
밍에──.

응? 절묘한 타이밍……?

나는 재빨리 답장을 보냈다.

『쿠로, 시부야에 와 있어?』

바로 답장이 왔다.

『아니? 왜?』

…………．

잠시 고민한 뒤에 나는 미도리에게 메시지를 보내 보았다. 쿠
로하가 어디 있냐는 내용이었다.

답장은 즉시 왔다.

『쿠로 언니 외출했는데? 어디 갔는지는 몰라.』

…………．

왔다고…… 봐야겠지……?

이쪽인가?!

나는 순간적으로 고개를 돌려보았다.

기둥이나 건물 뒤를 중점적으로 살펴봤다.

……없나. 뭐, 오지 않았다는 게 증명된 건 아니지만.

내가 계속해서 주위를 두리번거리고 있으니 등 뒤에서 목소리
가 들려왔다.

"마루, 미안해. 모두 모이기를 기다리다가 늦었어."

"에스카와."

에스카와는 몸매와 유연함이 잘 드러나는 팬츠 룩이었다. 화려하지는 않지만 청결감이 있고 움직이기 편해 보이는 느낌이 에스카와다웠다.

"마루 선배님!"

"마루 군!"

에스카와의 등 뒤에서 네 명의 여자애가 나타났다. 이 애들이 오늘의 동행자인 모양이었다.

팬클럽 자체는 열 명 이상 있다는 듯한데 전부 부르면 통제가 되지 않는다. 그런 이유로 시간이 되는 여자애들을 중심으로 추첨해서 당첨된 애가 오늘 온 듯했다.

"와! 사복 차림이라니 신선해!"

"선배님, 평소보다 근사하세요!"

"기뻐라~! 마루 군의 옆자리는 내 차지~."

"어딜 새치기하는 거야?!"

"그렇게 잡아당기면 마루가 곤란하잖아……."

에스카와가 제지하려고 했지만 폭주 기미인 여자애들은 멈추지 않았다.

"하하, 에스카와 됐어. 괜찮으니까."

"그래?"

"응. 그런데 행선지는 맡겨 달랬는데 오늘은 어디부터 가?"

나는 쓴웃음을 지은 채 말하면서 마음속으로는 이렇게 생각하고 있었다.

——최고로 즐겁다!

뭐야, 이거?! 이렇게 즐거워도 되는 거야?!

대단해! 다들 귀여워! 그런데 나를 두고 싸우잖아! 귀여워! 냄새가 좋아! 나를 흘겨보지 않아! 무진장 칭찬해줘! 귀여워! 최고다! 내가 인기를 끌고 있어!

후후후, 이거 곤란한걸…… 내 몸은 하나뿐인데 말이야…….

뭐, 쿠로하도 '다녀오지그래?' 하고 말했으니까? 몸은 넘겨도 마음까지 넘기지는(?) 않으니까? 문제없지, 문제없고말고! 으흐흐흐흐…….

"그, 그럼 갈까?"

에스카와가 걱정스러운 눈으로 바라보았다.

나는 깨닫지 못한 척하며 여자애들과 담소를 시작했다.

＊

"하루……! 저렇게 헤벌쭉해서는……!"

건물 뒤에서 스에하루의 모습을 관찰하던 쿠로하는 이를 갈았다.

"둘 다 그렇게 생각하지?"

쿠로하는 공감해주기를 기대하며 돌아보았다.

그러나—— 어째서인지 예상과는 분위기가 달랐다.

"스짱, 얼굴이 말이 아닌데…… 좋나 보네? ……이대로는 안 되겠어."

시로쿠사는 뭔가 혼자서 웅얼거리고 있었다. 긴 흑발을 모자 속에 숨기고 패션 안경을 써서 가볍게 변장하고 있었기에 완전히 위험한 사람 같았다.

"카치 양? 뭐해?"

"스짱…… 나만 봐! ……이건 심한가. 그럼 짧게, 뗵! 이라거나. ……너무 어린애를 야단치는 느낌이라 별로인가…… 아니지, 오히려 그게 괜찮을지도……?"

"…………."

혼자만의 세계에 빠져버린 시로쿠사는 그대로 두기로 하고 쿠로하는 마리아 쪽을 보았다.

그러자──.

"……좋아, 좋은 각도로 찍혔어요. 완벽하네요."

마리아는 시로쿠사보다도 심하게 완전무장이었다. 패션 안경이 아니라 선글라스였고 머리카락도 둥글게 말아서 언뜻 보고 마리아라는 것을 알아차리기는 힘들었다. 다만…… 선글라스는 어른스러운 여성이 입을 만한 스타일리시한 복장이라면 어울리겠지만 마리아는 귀여운 스타일의 옷을 입고 있어서 선글라스만 따로 놀고 있었다.

마리아는 자신의 얼굴만 들키지 않으면 상관없다는 건지 고급스러워 보이는 일안 리플렉스 카메라를 들고 스에하루의 사진을 마구 찍어대고 있었다.

"모모는 뭐 하는 거야?"

"모르시겠어요? 사진 찍고 있어요."

"그건 알겠는데 무슨 이유로?"

"무슨 일이 생겼을 때는 증거가 많은 편이 유리하잖아요?"

"발상이 무섭거든."

그런 대화를 나누는 사이에 스에하루 일행이 이동하기 시작했다.

"카치 양, 안 쫓을 거야?"

"헉."

시로쿠사가 제정신을 차렸다.

"어느새?! 저런 비겁한……!"

"나는 더 태클 안 걸 거야."

"이미 태클 걸고 계신 것 같은데요. 선배님들 그보다도 빨리 쫓아가요."

쿠로하, 시로쿠사, 마리아는 서로를 보고 고개를 끄덕인 뒤에 경계하며 스에하루를 미행했다.

스에하루 일행은 센터 거리에서 이노카시라 거리로 걸어갔다.

"목적지는 VR 랜드인가? 아니, 인원수가 좀 많으니까 핸즈려나?"

쿠로하가 중얼거리자 시로쿠사와 마리아는 고개를 갸웃거렸다.

"시다 양은 무슨 소리를 하는 거야?"

"아니, 시로쿠사 선배님. 모모도 무슨 의미인지는 이해하는데요. VR 랜드는 노는 곳, 핸즈는 쇼핑하는 곳이죠?"

"이름만 아는 수준이잖아!"

쿠로하는 머리를 부여잡았다.

"도쿄에 집이 있는데 왜 모르는 거야?! 모모는 시부야에 사무소가 있었잖아!"

"쿠로하 선배님, 모모는 초등학생 시절부터 배우였잖아요. 공공연하게 돌아다니지 못하는걸요. 시간이 많았을 때는 빈곤했었고요."

"아, 그랬지…… 미안해."

"무엇보다도 함께 갈 친구가 없었으니까요!"

"왜 자신만만하게 말하는 거야?! 무슨 자신감인지 모르겠거든?!"

시로쿠사가 패션 안경을 중지로 밀어 올렸다.

원래 작가인 것도 있어서 안경을 쓰니 상당히 지적으로 보였다. 거기에 사복이니 어른스러움이 더해지고 잘 빠진 몸매가 강조되었다.

"정말이지 시다 양은 칼슘이 부족한 거 아니야?"

"누구 때문인데?! 카치 양은 모모보다도 몰랐잖아!"

"시부야는 부정한 남녀가 서로 만나서 매일 밤 사바스 같은 파티를 열고 향락에 빠지는 끔찍한 거리잖아. 알아서 뭐 해?"

"편견이 너무하잖아!"

쿠로하는 재차 머리를 부여잡았다.

"카치 양은 오라기 양이랑 친구잖아. 그 애가 무슨 말 안 해?"

"이 정보는 시온이 인터넷에서 알아보고 알려준 건데."

"그쪽이 정보원이었어?!"

오라기 양이 시부야의 수상쩍은 정보를 제공한 건 의도적이었을까 실수였을까.

둘 다 가능성이 있어 보여서 쿠로하는 머리가 아파지기 시작했다.

"아, 선배님들. 스에하루 오빠 일행이 뭔가 세련된 건물로 들어갔는데요. 저기는…… 옷가게인가요?"

4층 건물인데 사방의 벽이 투명한 유리로 되어 있어서 내부가 잘 보였다.

"아, 벨 에포크네. 평범한 옷가게야. 윈도 쇼핑을 하러 온 건가?"

""윈도 쇼핑…….""

시로쿠사와 마리아의 목소리가 낮아졌다.

"나도 아직 스짱과 윈도 쇼핑을 해본 적이 없는데……."

"그러고 보니 모모도 스에하루 오빠와 함께 있었던 건 현장뿐이어서 쇼핑하러 간 기억이……."

"아, 그래~?"

쿠로하는 히죽거리며 완전 승리의 웃음을 지었다.

"뭐, 그건 어쩔 수 없지~. 둘 다 하루와는 **그 정도 관계**였으니까~. 나는 **계절마다** 하루와 함께 가주는데~. 아니, 그뿐만이 아니라 고민하는 하루를 **내가 코디해주기도** 하고~. 아, **자랑처럼 들리려나? 미안, 자랑한 건 아니었어~.**"

"저게 정말?! 잘근잘근 씹어주기를 바라는 거지?!"

"후후후…… 쿠로하 선배님, 그렇게 도발하시는 거예요……?

모모는 걸어온 싸움은 반드시 받아들이는 타입이라고요…….
각오는 되신 거죠……?"

셋이서 서로를 노려본다.

그러자 어디선가 목소리가 들려왔다.

"어라, 마루의 소꿉친구인 시다 아닌가?"

"……?!"

쿠로하는 자신도 모르게 뺨에 손을 댔다.

마리아는 누구나가 아는 배우였고 시로쿠사도 텔레비전 방송에 나온 적이 있는 방송인이었다.

하지만 쿠로하 본인은 설마 자신의 얼굴이 세상 사람들에게 알려진 수준이라고는 생각지 못했다.

"어? 군청 채널의?"

"어라, 함께 있는 건 혹시——."

속삭임이 번지며 오가던 사람들의 걸음이 멈췄다.

"쿠로하 선배님, 이쪽으로."

마리아가 손을 잡아끌어서 쿠로하는 함께 달리기 시작했다. 시로쿠사도 바로 뒤에서 따라왔다.

그리고 잠시 달려간 곳에 있던 건물에 들어가서 몸을 숨겼다.

"……생각보다도 군청 채널의 인지도가 올라간 모양이네요."

쿠로하는 아무도 따라오지 않은 것을 확인하고 깊게 한숨을 내쉬었다.

"정말 깜짝 놀랐어."

"쿠로하 선배님, 이거 예비로 가져온 건데 쓰세요."

마리아가 핸드백에서 꺼낸 건 모자와 패션 안경이었다.

"내가 변장을 해야 한다니……."

"처음에는 당혹스러울지도 모르지만 금방 익숙해질 거야."

웬일로 시로쿠사가 상냥한 말을 건넨다고 생각한 쿠로하였지만 그러고 보니 이전에 자신도 스에하루와 테츠히코의 싸움에 금방 익숙해질 거라고 말했던 게 떠올랐다.

"그러게. 고마워. 그보다 하루를 쫓아야지."

"가게에 들어가는 모습은 확인했으니 아마 아직 나오지는 않았을 거예요."

"아까보다 신중하게 움직이자."

고개를 끄덕이며 걸음을 옮겼다.

시부야에서 눈에 띄는 행동을 해서 소란이 일면 스에하루를 뒤쫓지 못하게 된다. 그렇지 않아도 여고생 셋이 하나 같이 안경을 쓰고 있다는 것도 조금 드문 광경이니 조심해야 한다.

──그런 공통 인식이 세 사람 사이에 생겼었는데.

"아~ 역시 이쪽 액세서리가 스에하루 선배님에게 어울려요~."

"아니야, 스에는 이쪽이지! 모두가 돈 모아서 사는 거니까 좀 더 비싼 것도 괜찮다니까!"

"저, 저기, 스뼁? 이 셔츠 좀 대볼래? 어울릴 것 같은데~."

"으하하하하~. 그래~? 다들 상냥하네~."

"""………."""

세 사람은 미간을 찌푸리며 입을 다물었다. 잠깐 못 본 사이에 스에하루와 팬클럽 여자애들이 상당히 친해졌는지 거리가 많이 가까워져 있었다.

"내가 뭐가 상냥해~. 어, 혹시 시다는 언제나 엄해? 확실히 너무 엄격해서 융통성이 없을 것 같은 분위기이긴 해~."

"카치는 마음대로 안 되면 금방 언짢아지는 것 같던데~."

"그치~? 그리고 모모사카는 어리광이 심할 것 같고~."

"그, 그렇지 않아. 쿠로도 시로도 모모도 다들 착한 애들이야."

"스뼁, 상냥해~!"

"아하하, 그렇게 허둥거리면서 두둔하지 않아도 괜찮대도~."

쿠로하의 관자놀이가 씰룩거렸다.

"저거 뭐 하는 거야? 혹시 함께 돈을 모아서 하루에게 기념 액세서리를 선물할 생각이야? **발상 자체가 짜증 나는데.**"

"스뼁이라고 부르는 거 아주 최악인걸. **지옥 불에 삶아 졌으면 좋겠어.**"

"**얼굴과 했던 말을 기억했어요.** 이따가 인물 파일에 하나하나 정리해둘게요."

"——힉?!"

진열된 옷 뒤에 숨어서 어둠의 오라를 발산하는 세 명의 소녀들.

흠칫한 지나가던 이들이 이건 관여되어서는 안 되는 일이라는 것을 깨닫고 하나같이 조금 거리를 벌리며 우회했다.

"이건…… 움직일 수밖에 없겠어요."

쿠로하는 마리아가 슬며시 자리를 뜨는 것을 놓치지 않았다.

몰래 쫓아가 보니 마리아가 엘리베이터 부근까지 이동해서 전화를 걸고 있었다.

쿠로하는 사각에서 마리아의 목소리에 귀를 기울였다.

"……예, 맞아요. 조지 선배님………… 구마 선배님께……
예…… 부탁드릴게요."

수상했다.

불길한 예감을 느낀 쿠로하는 마리아가 통화를 끊기를 기다려
서 말을 걸었다.

"뭘 꾸미고 있는 거야?"

"아, 쿠로하 선배님. 보셨나요."

추궁해도 마리아는 전혀 당황하지 않았다.

"공동 전선을 펼치고 있는 거니까 제대로 말해줄 거지?"

"글쎄요. 어쩔까요……."

"내가 하루의 집단 데이트 정보를 알려줬잖아."

"뭐, 그렇네요. 잠시 짓궂게 굴어본 것뿐이에요. 숨길 생각은
없었어요."

마리아는 천연덕스러운 얼굴로 쿠로하를 지나쳐 시로쿠사가
있는 곳으로 향했다.

"일단은 보고 계세요."

"……알았어. 솜씨를 보라는 거지?"

"저 여자가 스짱에게 들러붙어서는……?!"

한결같이 살의를 발산하는 시로쿠사의 어깨를 두드린 마리아
는 입술에 검지를 대며 조용히 하라고 지시했다.

그리고 그때──한 남자가 스에하루에게 난폭하게 부딪쳤다.

NOVEL ENGINE

[비매품] 노블엔진 특별부록
소꿉친구가 절대로 지지 않는 러브코미디 5

©Shuichi Nimaru 2020
Illustration : Ui Shigure
KADOKAWA CORPORATION

"얌마! 뭐야?!"

"……………어?"

쿠로하는 눈을 깜빡였다.

저 부자연스러운 상황은 뭘까……. 이건 혹시 자주 있는 그것인 걸까. 평소에는 좀처럼 일어나지 않지만 어째서인지 노린 듯한 타이밍으로 싸움이 붙는 그 정석 이벤트인 걸까.

쿠로하는 어처구니없다는 눈으로 마리아를 흘겨보았지만 마리아는 기대하고 있으라는 것처럼 웃고 있었다.

게다가 부딪친 남자애가 낯이 익었다.

'쟤는…… 내 팬클럽의 리더라고 했었던…….'

맞다, 오구마라고 이름을 댄 동급생 남자애였다.

패션 센스가 끔찍했다. 뭐라고 할까, 세기말을 무대로 한 작품에서 모히칸 스타일의 남자들이 입고 있을 법한 가죽옷이었다.

오구마는 근육질에 키도 컸다. 그래서 상당한 임팩트와 박력이 있었다.

……하지만 오구마가 쿠로하에게 팬클럽 이야기를 했을 때는 스에하루도 같은 자리에 있었다. 그래서 금방 상대가 누구인지 깨달은 모양이었다.

"너, 오구마라고 했었던……."

"그딴 건 아무래도 좋다고! 내 오른손이 아프다고! 어떻게 변상할 거냐고!"

주위가 소란해지지 않을 정도의 절묘한 위협이었다. 스에하루의 팬클럽 애들은 겁을 집어먹고 "누구 불러오는 편이 좋지 않아……?" 하며 속닥이고 있었다.

그런 가운데 한 명의 예외가 있었다.

"너 2-H의 오구마지? 야구부의 주장도 맡은 네가 왜 이런 행동을."

"너에겐 볼일 없다고."

오구마는 토카를 밀치며 어디까지나 스에하루를 위협했다.

"아앙? 뭐 불만이라도 있냐? 뭐, 위자료까지 청구하지는 않을 건데 그래도 사죄는 해야지? 예를 들면 그렇지, 엎드려 빌어 보는 건 어떠냐?"

"칫……."

스에하루는 혀를 차며 노려보았다.

그런 두 사람을 곁눈질하며 쿠로하가 물었다.

"모모, 저거 모모가 시킨 거지?"

"예, 맞아요. 오구마 선배님께는 쿠로하 선배님이 바라는 일이라고 했더니 바로 협력해주셨어요."

쿠로하는 뺨을 씰룩였다.

"내 이름을 마음대로 쓰지 말아 줄래?"

"공동 전선인데 어때요. 쿠로하 선배님이 바라는 일이라는 것도 거짓은 아니고요."

"어떤 부분이?"

"오구마 선배님의 행동은 스에하루 오빠의 명예를 손상시키는 거예요. 교내라면 몰라도 이런 거리 한복판에 있는 가게에서 스에하루 오빠가 엎드려 빌면 팬클럽 사람들이 어떻게 생각할 것 같아요? 애정이 식지 않겠어요?"

"그런 거구나."

시로쿠사가 감탄했다.

마리아는 더욱 자세하게 해설했다.

"팬클럽을 해산하고 두 번 다시 부활하지 못하게 하려면 크게 '스에하루 오빠의 명예를 손상시켜서 팬클럽 사람들의 애정을 식게 만드는 것'이나 '스에하루 오빠가 팬클럽 사람들과 엮이고 싶어 하지 않게 하는 것'의 두 가지 방향성이 있겠죠."

"그래서 모모사카는 오구마를 보낸 거구나. 나쁜 방법은 아니야."

"안 좋아."

쿠로하는 시로쿠사의 의견을 단박에 부정했다.

"둘 다 생각이 어설퍼. 모모가 말한 방향성은 이해하지만 이건 진짜로 안 좋은 방법이야. 빨리 연락해서 오구마 군을 돌려보내는 편이 좋아."

"쿠로하 선배님, 자신의 팬클럽 리더가 좋지 못한 행동을 해서 자신에게 불똥이 튈 걱정에 그렇게 말씀하시는 건 알겠는데요――."

"――잠깐만. 불똥이 튀다니? 그건 전혀 깨닫지 못했는데…… 그게 무슨 말이야?"

마리아는 슬며시 시선을 피하고는 귀엽게 고개를 갸웃거리며 미소 지었다.

"얼버무리지도 못했고 얼버무리게 두지도 않을 거니까."

"앗, 스짱⋯⋯!"

시로쿠사의 말에 쿠로하와 마리아는 스에하루 쪽으로 시선을 옮겼다.

쉽사리 엎드려 빌지 않는 스에하루에게 화가 치민 오구마가 멱살을 잡고 있었다.

"야! 빨랑 엎드려 빌라고!"

하지만 그때 스에하루의 눈에 불이 붙었다.

쿠로하는 알고 있다. 스에하루의 내면에서 '스위치'가 켜진 신호였다.

스에하루는 오구마의 멱살을 마주 잡더니 조금 전 오구마의 말을 카피한 것처럼 말했다.

"──야! 빨랑 엎드려 빌라고!"

그 순간 주위가 소란해졌다.

"어? 방금 그건⋯⋯."

"똑같아⋯⋯."

완전히 똑같은 말, 말투, 목소리였다.

팬클럽 여자애들은 경악해서 잠시 눈이 휘둥그레졌지만 일어난 일을 점차 인식함에 따라 환희의 표정으로 변해갔다.

"⋯⋯대단해! 스에하루 선배님 대단해요!"

"스뼁, 멋져!"

"맞아! 스에의 말대로야! 너나 엎드려서 빌어!"

자리의 분위기가 단숨에 떠들썩해졌다. 토카 혼자만이 냉정하게 스에하루 팬클럽의 리더로서 소란이 커지지 않게 제지했지만 이 기세를 막을 수는 없었다.

　"윽……."

　오구마는 쩔쩔매고 있었다.

　그것도 당연했다. 지금까지 팬클럽 여자애들은 위협에 겁을 먹고 얌전히 있었지만 토카를 제외하고도 넷이나 되었다. 인원수의 차이는 압도적이었다.

　여자애들의 반격에 기가 죽은 오구마는 등을 돌렸다.

　"어딜 도망가려고?!"

　오구마를 뒤쫓으려고 하던 여자애도 있었지만 이건 토카가 말렸다.

　"쌤통이다!"

　"스에하루 선배님, 방금 그거 뭐예요~ 너무 천재적이잖아요."

　"역시 슈퍼스타야!"

　팬클럽 여자애들의 평가가 급상승했다. 아까 이상으로 열렬한 찬사와 어프로치가 스에하루에게 쏟아졌다.

　"으하하하하하하하!"

　그리고 스에하루는—— 완전히 우쭐해 있었다.

　"……거 봐, 말했잖아. 안 좋은 방법이라고."

　쿠로하가 한숨 섞인 목소리로 말하자 마리아는 이를 꽉 깨물었다.

　"이번만큼은 쿠로하 선배님의 말씀대로였다고 인정할 수밖에 없을 것 같네요……. 그런데 어떻게 안 좋은 방법이라는 걸 깨달으신 건가요?"

"하루는 자존심이 없지만 그건 자기 일에만 그래. 누군가가 상처받을 것 같을 때는 비굴해지기는커녕 몸을 내던져. 내가 무시당한 것에 화가 나서 하디 슌 사장에게 와인을 끼얹은 모습을 봤잖아."

"아……."

"그랬었네요……."

시로쿠사와 마리아는 입을 다물었다.

"하루는 여자애를 위해서라면 더 분발해. 하루는 기본적으론 폼을 잡지 않지만 그건 '폼을 잡는 것' 보다 '재미있게 해주는 것' 의 우선도가 높으니까 웃기는 방향으로 가기 쉬운 것뿐이야. 이런 위기 상황에서는 '재미있게 해준다' 는 선택지가 없으니까 더 분발해서 폼을 잡지."

""………….""

"으하하하하하!"

스에하루의 우렁찬 웃음소리가 들려왔다.

시로쿠사와 마리아는 어깨를 늘어트렸다.

팬클럽 여자애들이 스에하루에게 심플한 은목걸이를 선물하자 스에하루는 헤실거리는 표정으로 건네받았다.

그런 광경을 이를 갈며 보고 있던 쿠로하 일행은 가게를 나선 스에하루 일행을 뒤쫓고 있었다.

"슬슬 점심 먹을 시간인데 어쩔래? 가게 안까지 쫓는 건 위험하니까 우리는 포장해서 먹을까?"

"──아뇨, 잠시만요. 그 전에 손을 한 번 더 써둘게요."

조금 전 실패가 머리를 스친 쿠로하는 눈을 가늘게 좁혔다.

"모모, 이번에는 괜찮은 거지?"

"이쪽이 메인이었어요. 뭐, 보고만 계세요."

"걱정되는걸."

"정말이야."

"앗, 왔어요!"

간판 뒤에 숨으며 마리아가 가리켰다.

가리킨 곳에 있는 건…… 혼혈로 보이는 금발 남성이었다. 긴 머리칼을 뒤로 묶었고 수염이 짧게 자라나 있었다. 연령은 20대 초반 정도로 보인다.

멀리서 봐도 알 수 있었다. 놀랄 정도의 미남이었다.

"으음, 뭔가 본 적이 있는듯한……."

쿠로하가 고개를 갸웃거리자 시로쿠사가 쏘아붙였다.

"이래서 가벼운 여자는 안 된다니까. 얼굴만 좀 좋다 싶으면 기억 중추 안쪽에 담아두는구나? 정말이지 추잡스러워."

"카치 양은 매도할 때만 신나지? 그런 게 아니라 최근에 어디선가 본 적이 있는 것 같은데……."

"역시 쿠로하 선배님은 잘 보고 계시네요. 시로쿠사 선배님은 반성해 주세요."

시로쿠사는 이마에 핏대를 세웠다.

"뭐? 왜 내가 반성을 해야 하는 건데?"

"시로쿠사 선배님의 팬클럽 리더라고요, 저 사람."

""……?!""

그렇다는 건…….

"저 사람이 나바 군이야……?"

"맞아요. 그 머리카락이 긴 나바 선배님이에요."

마리아는 씨익 웃으며 자랑스럽게 콧대를 세웠다.

"저 사람, 헤어스타일이 꼴불견일 뿐이지 용모가 무척 단정하다는 것을 모모는 순간적으로 꿰뚫어 봤거든요! 레나 양에게 확인해보니 아무래도 혼혈인 모양이어서 금발이 어울릴 것 같다는 생각도 그때 떠올랐어요!"

"그게 어쨌다는 건데."

"시로쿠사 선배님, 모모가 아까 두 가지 방침을 말했었잖아요. '스에하루 오빠의 명예를 손상시켜서 팬클럽 사람들의 애정을 식게 만드는 것' 쪽은 실패했지만 나머지 하나…… '스에하루 오빠가 팬클럽 사람들과 엮이고 싶어 하지 않게 하는 것' 이 남아 있어요."

"그렇다는 건 나바를 이용해서 팬클럽 하이에나들의 천박한 본성이 드러나게 하려는 거지?"

시로쿠사가 즐겁다는 듯이 입꼬리를 들어 올렸다. 미인형 얼굴이어서 흉계를 꾸밀 때는 박력 있는 악녀 같아진다.

"……나쁘지 않아. 어떤 식으로 일을 꾸미려고?"

"아, 접촉하네요. 보시면 알 수 있어요."

시로쿠사가 간판 뒤에서 몸을 내밀었다. 쿠로하도 모자를 깊숙이 고쳐 쓰며 상황을 살펴보았다.

집단으로 걷고 있는 스에하루 일행 쪽으로 나바가 다가갔다. 그리고 팬클럽 여자애 중 한 명과 가볍게 부딪쳤다.

그대로 서로 고개를 숙인 뒤에 그걸로 끝인가 싶었더니——나바가 돌연히 당황한 기색을 보이기 시작했다.

"미안한데 근처에 콘택트렌즈 떨어져 있지 않아?"

"⋯⋯?!"

그런 말을 듣고 그냥 지나갈 수도 없다.

"함께 찾아보자."

교내의 질서를 유지한다는 말을 듣는 학생회 부회장인 토카다운 말에 스에하루와 팬클럽 면면이 고개를 끄덕였다.

모두 웅크리고 앉아서 열심히 콘택트렌즈를 찾았다.

"모모, 혹시⋯⋯."

"예, 블러핑이에요. 뭐, 접촉할 계기가 필요했을 뿐이지만요. 이 부분의 시나리오는 당연히 모모가 생각했어요."

"모모사카, 너는 시나리오 라이터는 도전하지 않는 편이 좋을 거야. 너무 정석적인 시추에이션을 좋아하는 것 같으니까."

"나는 시나리오 같은 건 아무래도 좋은데 문제는 결과가 나오지 않을 것 같다는 점이야."

"여기서부터라니까요!"

세 사람이 간판에 딱 달라붙어서 훔쳐보았다.

콘택트렌즈를 몰래 숨겨두고 있었던 모양인 나바가 마치 방금 찾았다는 듯한 태도로 주워든 척을 했다.

"아, 찾았어!"

스에하루 일행은 다행이라며 웃었다.

나바는 등을 돌리고 콘택트렌즈를 끼는 척을 하고는 이번엔 멋들어진 핸섬 스마일을 지었다.

"다들 고마워. 진짜로 너희 덕분이야."

"아니에요."

대표로 토카가 대답했다.

"아니야, 이렇게 폐를 끼쳐버렸으니까 사례를 하고 싶어. 괜찮으면 함께 식사는 어때? 물론 내가 살게."

매혹적인 웃는 얼굴에 살짝 뺨을 붉히는 팬클럽 소녀가 나타나기 시작했다.

"아, 그런데 방해가 되나? 클럽 활동으로 모인 거야? 그런 것 치고는 예쁜 여자애들만 있는 것 같은데."

"차암~ 예쁘긴요~."

"그래요~."

자연스럽게 표정이 밝아지는 팬클럽 여자애들과는 대조적으로 스에하루의 얼굴은 어두워졌다. 쇼윈도에 비치는 자신의 모습을 힐끗 보고 한숨을 내쉬는 모습에서 애수가 감돌았다.

혹시 이대로 잘 풀리는 건 아닐까── 하고 쿠로하가 생각하려던 차에 토카가 입을 열었다.

"제안은 고맙지만 저는 사례는 필요 없어요. 당연한 일을 했을 뿐이니까요."

시원시원한 토카의 말투는 모두를 충분히 진정시킬 만큼 차분했다.

"너희는 가고 싶으면 가도 돼. 나는 마루의 팬클럽 리더로서 오늘은 마루와 함께 시간을 보낼 생각이야. 물론 그쪽 식사가 끝난 뒤에 다시 합류해도 상관은 없어."

"에스카와……."

스에하루가 눈을 글썽였다.

팬클럽 여자애들도 실수를 깨달은 거겠지. 앞다투듯이 입을 열었다.

"죄송해요. 오늘은 겨우 팬이었던 스에하루 선배님과 함께 식사하는 날이어서 사양할게요!"

"말씀은 감사하지만 처음 뵙는 분을 따라가는 건 불안해서요."

"스삥과의 한 시간은 다른 무엇과도 바꿀 수 없어요!"

"다들……."

이제 팬클럽 여자애들의 눈에는 나바가 비치지 않았다. 모두 정신을 차리고 의연한 태도를 보이고 있었다.

그걸 깨달은 거겠지. 스에하루는 여자애들을 신뢰가 담긴 시선으로 보고 있었다.

"그럼 실례하겠습니다!"

자리를 뜨는 스에하루 일행을 나바는 뒤쫓지 않았다. 그 이상 집적대도 아무도 따라오지 않으리라는 것은 명백했다.

예약한 가게로 가자며 토카가 말하자 모두가 화기애애하게 담소를 나눴다.

대화는 끊이지 않았고 쓸데없이 스에하루를 두고 싸우는 일도 없었다.

결과적으로 방금 있었던 일이 팬클럽의 단결을 강고하게 만들 었다는 건 일목요연했다.

"미안……."

"미안해……."

"그러니까요. 좀 더 잘해주시길 바랐어요."

스에하루 일행이 골목에 있는 이탈리안 레스토랑에 들어가는 것을 확인하고 조지 선배가 오구마와 나바 두 사람을 데리고 사 과하러 왔다.

"면목 없어, 시다 양……! 시다 양을 위한다고 한 일이었는 데……!"

오구마가 거구를 움츠리며 깊게 고개를 숙였다.

쿠로하는 떡하니 서서 내려다보며 단호하게 말했다.

"멋대로 나를 위해서 한 일이라고 해도 곤란하기만 할 뿐이니 까 그러지 마. 그리고 나는 팬클럽은 필요 없다고 했었을 텐데? 해산할 거지?"

"그, 그건 봐줘……! 드러내지는 않을 테니까……!"

"참고로 묻는 건데 드러내지 않는다면 어떤 활동을 하려고?"

"시다 양의 사진을 공유한다거나……."

"저질아! 기각이야!"

"으으……."

쿠로하의 무자비한 일격에 오구마가 신음했다.

한편 나바 쪽도 시로쿠사에게 사과하고 있었다.

"카치 시로쿠사…… 이번에는 실패했지만 한 번 더 기회를 줘…… 나는 네 도움이 될 테니까……."

"소름 끼치니까 다가오지 마."

"와……."

너무나도 냉철한 그 한마디에 쿠로하는 자신도 모르게 얼굴을 찌푸렸다.

나바가 틀림없이 충격을 받았으리라는 생각에 표정을 살펴보니──.

"아아……! 카치 시로쿠사……! 그거야……! 훌륭해……!"

황홀한 웃음을 짓고 있었다.

"모모, 나바 군이 가장 글러 먹은 거 아니야?"

"그렇네요. 이 정도로 마조히스트 기질일 줄은 생각 못 했어요……. 뭐, 그래도 시로쿠사 선배님과 찰떡궁합이네요."

"멋대로 찰떡궁합으로 만들지 마! 그냥 나오는 대로 말하는 거지?!"

"그럴 리가요. 이 구제할 길이 없는 글러 먹은 느낌이 좀 닮지 않았나요?"

"안 닮았거든?!"

노여움이 폭발한 시로쿠사가 오구마와 나바를 돌려보냈다.

그 말을 듣고 기쁨에 젖은 나바를 오구마가 들쳐 매고 돌아갔다.

"모모, 그래서 어떻게 할 거야. 연이어서 실패했는데."

"솔직히 둘 중 하나에서 불화가 생겨 점심까지는 해산하리라 생각했었는데 오산이었어요."

"오히려 사이가 좋아졌잖아!"

"아마추어가 어설프게 지혜를 짜내니까 그렇지."

마리아는 입안 가득 도토리를 먹고 뺨이 부푼 다람쥐 같은 얼굴을 하고는 고개를 돌리며 있지도 않은 돌을 찼다.

"흥, 그렇게 말씀하신다면 이제 됐어요! 모처럼 모모가 계획을 짜왔더니! 어차피 전부 모모 잘못이라는 거죠?"

"마리아 양, 그러취 않아요. 마리아 양, 파이팅이에요."

조지 선배가 다독였지만 마리아는 전혀 듣지 않았다. "뿡뿡!" 하고 알 수 없는 목소리를 내며 조지 선배를 위협할 뿐이었다.

"완전히 삐졌네……."

"카치 양, 어떻게 할 거야?"

"어떻게 하냐고 물어도……."

서로를 마주 본 쿠로하와 시로쿠사의 배에서 꼬르륵~ 하고 소리가 났다.

"우리 뭐 하고 있는 걸까……."

"비참해……."

그러나 둘 다 '이만 돌아가자'는 말은 나오지 않았다. 여기서 돌아가도 신경 쓰일 뿐이고 무슨 일이 있으면 개입하고 싶다는 마음은 변함없었다.

"——역시 있었구나."

"""……?!"""

세 사람이 돌아보자 그곳에는 토카가 있었다.

"크, 큰일 났네요……."

슬쩍 사각에서 도망치려는 마리아를 토카가 달려가서 붙잡았다.

"바보 같은 녀석."

"이거 놔주세요~!"

"안 도망간다면 놔줄게."

"알았어요, 안 도망갈 테니까요."

"……도망갈 것 같은 얼굴인데. 시다, 이야기가 끝날 때까지 도망가지 않게 잡고 있어 주겠어?"

"알았어, 옛짱."

쿠로하는 토카가 내민 마리아의 목덜미를 건네받았다. 아니나 다를까 몸부림쳤지만 무시하기로 했다.

토카는 어깨를 으쓱이며 말했다.

"일단 화낼 생각은 없어. 그저 생각대로라고 느꼈을 뿐이야. 이상한 일이 많았으니까."

"그야 눈치채겠지……."

"부회장, 봐달라고 할 생각은 없어. 다만 우리 사정도 고려해 줬으면 해."

시로쿠사는 대놓고 설득하기로 한 모양이었다.

쿠로하는 잠시 생각했다가 바로 시로쿠사와 연대하기로 했다. 토카에게는 어설프게 말을 돌리는 것보다 직접 협력을 의뢰하는 편이 유효하리라고 판단했기 때문이었다.

"있잖아, 엣짱. 우리는 그렇게 간단히 팬클럽을 인정할 수는 없어. 그건 이해하지?"

"그래. 시다가 하고 싶은 말은 이해해. 그래서 나는 점심 먹은 뒤에 함께 다니지 않겠냐고 제안할 생각으로 온 거야."

쿠로하의 손안에서 몸부림치고 있던 마리아의 움직임이 딱 멈췄다.

"너희의 불안은 팬클럽에 대한 불신감에서 온 거지? 팬클럽 멤버가 일개 팬으로서 절도를 지키고 너희의 라이벌이 되지 않는다는 것을 알면 너희도 눈엣가시로 여길 필요가 없잖아?"

"그럼 어째서 처음부터 저희를 불러주시지 않은 건가요?"

마리아가 불만 가득한 목소리로 말했다.

토카는 분명하게 말했다.

"멤버들을 어느 정도 만족시켜주지 않으면 그 애들도 내 제안을 받아들이지 않을 테니까. 오전 중에 목적하던 선물을 샀고 사이도 깊어졌어. 오후부터라면 받아들여도 괜찮다고 생각할 애가 나오겠지."

"그, 그렇군요……."

"너희는 눈에 많이 띄니까. 우리 멤버도 너희의 입장과 상황은 틀림없이 어느 정도 이해하고 있을 거야. 그렇다면 필요한 건 대화를 나눌 시간이지. 일을 시끄럽게 만드는 건 대화를 나

눈 뒤에도 늦지 않다고 생각하는데 내 말이 틀려?"

마리아가 작은 목소리로 봐주세요, 하고 말했다.

토카의 생각을 듣고 얌전해져 있어서 쿠로하는 괜찮으리라 판단하고 놓아줬다.

마리아는 쿠로하에게 귓속말을 했다.

"완전히 정론이어서 반론도 안 나오는데요."

"그러니까 착한 애라고 했었잖아."

"그래서 마음에 안 드네요."

"모모도 하루의 안 좋은 부분에 영향을 많이 받았단 말이지……."

토카는 작게 손뼉을 쳤다. 자신에게 주목을 모으기 위해서였다.

"그래서 어쩔래?"

"""…………."""

서로의 얼굴을 마주 본다. 결론은 이미 나와 있었다.

"""잘 부탁드리겠습니다……."""

"좋아."

토카는 학생회 부회장다운 포용력 있는 웃음을 짓고는 가게 안으로 돌아갔다.

＊

나와 팬클럽 여자애들의 즐거운 점심 식사가 끝나자 에스카와가 말을 꺼냈다.

"지금부터 말인데, 마루와 같은 군청 동맹의 멤버인 시다, 카치, 모모사카 세 사람도 합류하게 되었어."

"""""에~."""""

피아노곡이 흐르는 이탈리안 레스토랑에 불만스러운 목소리가 메아리쳤다.

"쿠로 역시 와 있었구나……."

내가 그렇게 중얼거렸지만 아무도 그걸 언급하지는 않았다.

"딱히 팬클럽이 아니면 함께 놀아서는 안 된다는 룰도 없잖아?"

"그건 그런데……."

"오전 중에 선물을 사서 팬클럽의 목표는 달성했어. 오후부터도 마루와 이야기를 나눌 수는 있고. 일단은 그걸로 만족하는 게 어때? 그리고 그 애들의 참가는 너희에게도 메리트가 있을 거야."

"무슨 메리트요?"

"그 애들과 친해지면 군청 동맹에 찾아가기 쉬워질지도 모르잖아. 군청 동맹에서 신규 멤버를 가입시킬 때는 현 멤버의 다수결로 정하는 것으로 알고 있는데…… 맞아? 마루."

나는 고개를 끄덕였다.

"맞아. 군청 동맹은 무슨 일이든 여자 셋과 나, 그리고 테츠히코 다섯 명의 무기명 투표로 정하고 있어. 누군가 한 사람만 찬성해도 가입하는 건 무리야."

"그렇다는 건——."

"최소 여성진 중 한 명 이상의 찬성이 없으면——."

다들 룰을 어느 정도 이해한 듯했지만 혹시 몰라서 설명을 덧붙이기로 했다.

"우리는 여자가 한 명 더 많으니까 여자 세 사람이 반대하면 그대로 기각돼. 그리고 거부권도 있으니까 누군가 한 사람이 심하게 거부하면 무리지."

""""…………"""."

이 이야기를 한 결과로 합류는 허가받았다.

가게 앞에서 쿠로하, 시로쿠사, 마리아가 기다리고 있었다.

"셋 다 변장하고 있었구나……. 시로와 모모는 알겠는데 쿠로는 왜?"

"나도 처음에는 괜찮을 줄 알았는데 돌아다니다가 나라는 걸 들켜서……."

"진짜? 나는 딱히 말을 거는 사람도 없던데……."

어째서일까. 나와는 다르게 쿠로하에게는 열광적인 팬이 있을지도 모르겠는걸.

"음? 조지 선배님은?"

에스카와가 물었다. 그러자 마리아가 생긋 웃으며 말했다.

"돌아갔어요."

"그래?"

응? 조지 선배가 있었어? 애초에 여기서 무슨 일이 있었던 거지…….

내가 의아하게 생각하고 있으니 시로쿠사가 다가왔다.

"······스짱."

"오, 시로. 어떻게 너도 온 거야? 오늘 예정은 쿠로에게 밖에 말하지 않았었는데······ 쿠로가 같이 오자고 했어?"

"비, 비슷해."

사복 차림의 시로쿠사는 역시 눈이 갈 정도로 예뻐서 자연스럽게 시선이 전신으로 향했다.

오늘은 전체적으로 차분한 패션인데 청초한 하얀 블라우스와 비단결 같은 검은 머리카락의 대비가 아름다웠다.

"──스, 스짱······!"

"으, 응······?!"

조금 강한 어조에 내가 무심결에 등줄기를 펴자 시로쿠사가 야무진 눈초리로 말했다.

"어, 엉큼한 짓은── '떽!' 이야."

"············."

한순간 영문을 알 수가 없어서 눈을 깜박이고 있으니.

"아으으으으······."

시로쿠사가 뺨을 새빨갛게 물들이며 웅크리고 앉았다.

귀엽다. 원래도 귀엽지만 이런 부분이 특히 더 귀여웠다.

평소에는 의젓하면서 서툴고 순수한 성격 탓에 자폭하는 모습이 가슴 안쪽을 간지럽혔다.

"자, 주목."

에스카와가 조금 큰 목소리로 말했다.

"다음 예정은 AR 추리 게임이야. 도중에 참가한 세 사람도 조금 전에 추가로 등록했어. 지금부터 집합 장소로 갈 건데 일행을 놓쳤을 때는 나에게 연락해."

"AR……? 추리……?"

시로쿠사가 고개를 갸웃거려서 내가 설명했다.

"등록하면서 사이트 안 봤어?"

"보긴 했는데 잘 이해가 안 돼서……."

"뭐, 나도 처음이라 잘은 모르지만 수신받은 메일에 따라 시부야를 돌아다니며 수수께끼를 푸는 놀이인가 봐."

"그렇구나~."

평소에는 주위를 위협하기 일쑤인 시로쿠사가 나와 평범하게 이야기를 나누는 모습을 봤기 때문인지 팬클럽 여자애들이 시로쿠사에게 적극적으로 말을 걸었다.

"아, 카치 양도 처음이야? 나도 그런데!"

"전부터 카치 선배님과는 이야기를 나눠보고 싶었어요. 소설가시니 이런 거 잘하실 것 같아요~."

"그, 그래?"

시로쿠사도 자연스럽게 말을 걸어왔기 때문인지 당혹스러워하고는 있어도 매몰차게 구는 분위기는 없었다.

이렇게 대응할 수 있다면 미네 말고 친구가 없다는 소리는 듣지 않게 될 것이다.

시로쿠사의 서툰 성격을 아는 나에게는 흐뭇한 광경이었다.

문득 주위를 보니 쿠로하와 마리아에게도 팬클럽 멤버들이 말을 걸고 있었다.

쿠로하는 원래 사교적이어서 평범하게 대화를 했고 마리아도 사교성은 쿠로하에게 지지 않았다. 특히 연예인인 마리아에게는 다들 관심이 많았는지 잇따라서 질문 공세를 받고 있었다.

그런 원만한 분위기가 감돌기 시작한 그때——.

"너무해요! 그렇게 많은 여자애와 놀러 다니고! 저와 사귀고 있었잖아요!"

"——어?"

등 뒤에서 들려온 뚱딴지같은 말에 '뭐? 누구보고 하는 말이지?' 하고 생각하는 사이에 느닷없이 정체불명의 여자애가 나를 끌어안았다.

"……?!"

몰캉한 부드러운 가슴의 감촉이 복부 근처로 퍼져나갔다. 머리카락에서 풍겨오는 좋은 냄새가 콧구멍을 간지럽혔다.

감미로운 순간이었지만—— 도취될 수 있었던 건 한순간이었다.

"""""""——뭐야?!"""""""""

살기가 충만했다. 조금 전까지 화기애애하게 미소 짓고 있던 귀여운 여자애들이 지금은 지옥의 파수꾼인가 싶을 정도로 흉흉한 기세를 발산하고 있었다.

바로 해명하고 싶었지만 나도 혼란해서 머뭇거리고 말았다.

정체불명의 여자애가 내 가슴에 얼굴을 파묻었다. 이 행동만

으로도 영문을 알 수 없어서 머리가 돌아가지 않았다. 그런데도 여자애의 부드러운 감촉은 훌륭해서 내 뇌에서 사고력을 빼앗아 갔다. 이해하고 있는 건 죽음이 다가오고 있다는 사실뿐이었다. 헬프미.

"자, 잠깐만!"

나는 조금이나마 남은 사고력을 쥐어짜며 황급히 말했다.

"오해야! 나는 얘가 누군지도 몰라! 정말이야! 믿어줘!"

"마루 씨, 너무해요……! 저를 희롱한 거군요……!"

여자애가 내 품 안에서 훌쩍였다.

"뭐어?! 아니, 무슨 소리를 하는 거야?!"

"마루 군, 어떻게 된 거야?!"

"스삥, 설명해줘!"

팬클럽 애들이 서서히 다가왔다.

하지만 나도 냉정함이 돌아오기 시작했다. 이 여자애의 정체를 깨달은 것이다.

아무리 당황했어도 두 번이나 목소리를 들으면 깨닫는다. 잘 생각해 보면 이런 크레이지한 행동을 하는 지인은 한 사람밖에 없었다.

"야, 시——."

그렇게 말하며 억지로 떼어내기 전에 여자애의 어깨가 양옆에서 붙들렸다.

"차암, 시온?! 뭐 하는 거야?!"

"오라기! 또 너야?!"

나보다 먼저 깨달은 건 시로쿠사와 에스카와였다.

두 사람이 시온을 나에게서 떼어놓으려고 억지로 잡아끌었다. 그러나 시온은 내 가슴에 찰싹 달라붙은 데서 그치지 않고 두 다리로 내 몸을 끌어안으며 매달렸다.

야야! 그건 여고생이 해도 될 행동이 아니잖아!

"시온! 일단 좀 떨어져!"

"싫거든요~!"

"스짱이 곤란해 하잖아!"

"저는 희롱당해서 항의하고 있을 뿐이에요!"

팬클럽 여자애들의 시선은 아직도 차가웠다. 그래도 쿠로하와 마리아는 어이없어하고 있을 뿐이었지만 시온의 평키함을 모르는 애들이 보기에는 너무 이해가 되지 않는 상황이어서 내 신용이 회복될 정도는 아닌 듯했다.

"오라기…… 어쩔 수 없네."

에스카와가 시온의 등에 손가락을 가까이하더니 어깨뼈 부근을 엄지로 눌렀다.

"흡!"

"으익?!"

급소를 찔렸는지 얼굴이 고통으로 일그러진 시온이 마침내 떨어졌다.

그 틈을 에스카와는 놓치지 않았다.

재빠르게 양팔의 관절을 꺾어서 구속하고는 시로쿠사와 함께 근처에 있던 신사로 연행했다.

"다들 잠시만 기다려줘."

에스카와가 그렇게 말했지만 신경이 쓰였다.

그래서 몰래 다가가 귀를 기울여 보았다.

"오라기, 너 무슨 생각이야?"

"딱히~ 아무것도 아닌데요~."

"시온, 아무것도 아닐 리가 없잖아. 스짱에게 폐를 끼치고."

"그 똥파리에게는 폐가 되어도 딱히 상관없는데요~."

"흠, 오라기는 마루를 적대시하고 있는 건가. 이유가 뭐야?"

"시온은 우리 아버지가 거둬서 사실상 내 여동생 같은 애야."

"시로! 제가 언니예요!"

"그래그래. ……그런 이유로 보다시피 시온은 내 일에 관해서는 폭주할 때가 있어서……."

"그렇군. 오라기가 문제 행동을 일으킬 때 카치가 관련되는 일이 많다고 생각했었는데 그런 사정이 있었나. 오라기, 왜 지금까지 그 사실을 말하지 않은 거야?"

"제 행동과 시로는 아무런 관련이 없거든요! 천재적인 저는 털어놓지 않을 테니까요! 흐흥~ 또 내 승리인걸!"

시로쿠사는 탄식하며 에스카와에게 물었다.

"부회장은 시온을 어떻게 아는 거야? 문제 행동이라고 해도 학생회가 움직일 정도의 행동은 하지 않았을 텐데……."

"나와 오라기는 작년부터 같은 반이야. 특히 작년에 반장이었던 나는 오라기의 감시역이었어."

"……그렇구나."

"전부 그 굼벵이와 시로에게 접근하는 여자들 때문이에요! 시로는 옛날에 많은 상처를 받았었는데 유명해졌다고 헤프게 웃으며 다가오다니 용서할 수 없어요!"

시로쿠사는 팔짱을 끼며 거듭 한숨을 내쉬었다.

"나를 생각해서 일으킨 행동이니까 너그럽게 봐주지 않겠어?"

"그래. 악의가 없었다는 건 알겠어. 마루에 관해서는 미묘하지만."

"흥! 바람둥이는 죽어버리라죠!"

"너란 녀석은 정말이지……."

에스카와가 단단히 붙잡고 있던 시온의 팔을 비틀었다.

"아얏?!"

에스카와 나름의 징벌이라는 걸까. 조금 혼내주지 않으면 끝이 없으리라 생각한 거겠지.

혼쭐이 난 시온이 겨우 얌전해졌다.

"그렇게 되었던 거야. 오라기가 멋대로 소란을 피웠을 뿐이지 마루는 죄가 없어."

신사 뒤에서 나온 에스카와가 제대로 설명해줌으로써 팬클럽 여자애들도 겨우 안도해줬다. 의심해서 미안하다고 사과를 하기에 나는 괜찮다며 한 사람씩 달래야 했다.

"시온, 다들 있으니까 돌아가."

"싫어요! 저를 빼놓고 시로만 즐겁게 놀려는 거죠?!"

아…… 애초에 그게 불민의 원인이었나.

시온은 여전히 숨겨도 본심이 훤히 보였다. 안쓰럽기 그지없
다…….

"……어쩔 수 없네. 모두를 방해하지 말고 스짱에게 심한 짓
을 하지 않겠다고 약속하면 함께 가도 되냐고 내가 부탁해줄 수
도 있는데?"

"모두를 방해하지 말라는 건 알겠어요…….."

"스짱에게는?"

"……………………………첫."

"차암. 그러면 못써. 자, 대답은? 약속하지 않으면 두고 갈 거
야."

"……으으, 아, 알았어요…… 시로의 말대로 할게요…….."

"만약 어기면 강제로 택시에 태워버릴 테니까. 잊지 마."

"예…….."

시로쿠사도 시온이 상대라면 언니 포지션이었다. 시온은 한
사코 인정하지 않지만.

에스카와가 놀란 눈으로 보고 있었다.

그것도 당연한가. 에스카와는 지금까지 고생이 많았을 것이
다. 시온이 순순히 말을 듣는 상대는 시로쿠사 정도니까.

"오라기, 등록하는 법 알려줄게."

"흥! 천재인 저에겐 간단한 일이에요!"

에스카와와 시온은 완전히 보호자와 어린애 같았다. 이 두 사
람은 교실에서 이런 관계인 거겠지.

그렇게 시온을 에스카와와 시로쿠사가 상대해주면서 AR 추리

게임의 집합 장소에 도착했다. ——도착한 것까지는 좋았는데.

"테츠히코, 왜 네가 있는 거야."

예상치 못한 만남이었다.

테츠히코는 수많은 여자애를 데리고 있었다. 어딜 보아도 데이트였다.

한순간 뭔가 꿍꿍이가 있나 싶어서 경계했는데 테츠히코의 놀란 기색을 보니 우연인 듯했다.

"그건 이쪽이 할 말이라고, 스에하루. 아, 너도 집단 데이트냐."

"데이트가 아니라 팬클럽 모임이야."

"하나, 둘, 셋…… 아홉인가. 흥, 내가 이겼네. 이쪽은 열 명이야."

"그런 식으로 말하지 말라고. 듣기 안 좋잖아."

"나는 나를 좋아하는 애 이외에는 아무래도 좋거든."

나는 어깨를 늘어트렸다. 방금 발언만으로도 등 뒤에 있는 팬클럽 여자애들이 상당히 살기등등해졌다.

테츠히코의 절조 없는 행실은 유명했다. 우리 학교에서도 테츠히코를 싫어하는 여자애가 많았다. 그런 테츠히코가 여자와 노는 현장을 목격한 데다가 데리고 다니는 여자애의 숫자로 승부를 겨루려는 듯한 말을 들으면 기분이 상하는 것도 당연할 것이다.

"와~ 마루 군이야! 대단해~! 스에테츠 콤비가 모였어!"

"진짜네?! 말도 안 돼~! 아, 사진 찍어도 돼?!"

테츠히코가 데리고 있는 여자애들이 나를 깨닫고 떠들기 시작했다.

테츠히코의 일행답게 화려하게 꾸민 애가 많았다. 본 적 없는 애들 뿐이니 아마도 타교의 학생이겠지.

그런데 나를 어떻게 아는 거지? 군청 채널 관련으로 테츠히코에게 관심을 가진 애가 많은 건가? 뭐, 그거라면 이런 반응도 납득은 되는데.

"응~? 괜찮지, 마루 씨~?"

"아, 나 가운데에 설 테니까 찍어줘!"

뭐라고 할까, 테츠히코가 데리고 다니는 애들답게 다들 좀 가벼웠다. 그런 만큼 대단히 적극적이었다.

"야, 카이! 네 일행들 관리 좀 해! 우리 팬클럽 모임을 방해하지 마!"

에스카와가 폭발했다.

뒤를 보니 팬클럽 여자애들이 미간을 찌푸리고 있었다. 테츠히코를 잘 아는 쿠로하, 시로쿠사, 마리아도 테츠히코가 데리고 있는 여자애들이 탐탁지 않은지 보기에도 화가 난 기색이었다.

"아앗! 카시무라 양! 왜 거기 있어?!"

내 팬클럽 애가 테츠히코가 데리고 있던 여자애 중 한 명을 가리켰다.

"누구?"

"우리 학교 애야! 2학년 D반!"

음? 우리 학교 애를 테츠히코가 데리고 다닌다고……? 테츠히코는 우리 학교의 모든 여자애에게 미움받고 있을 텐데…….

다만 저번에 테츠히코에게 정보를 흘려주는 여자애가 있다는 말을 본인에게 들었다. 이 애가 그 애인지는 모르겠지만 여자들이 보기에 이 애는 '몰래 배신해서 테츠히코와 가깝게 지내고 있었다'고 할 수 있겠지.

"뭐야? 카이 군을 저질이라고 했었으면서! 거짓말쟁이!"

"그건……."

으아, 이거 안 좋은 상황인데……. 그렇지 않아도 여자애가 많아서 수습이 안 되는데 불씨까지 던져져서는 진정시킬 방법이 없다. 게다가 중재한다고 가라앉을 일 같지 않았다. 수습할 좋은 방법 없나…….

그렇게 생각하던 차에 테츠히코가 데리고 있던 여자애들이 끼어들기 시작했다.

"뭐? 연애는 자유니까 상관없잖아. 너 뭐야? 뭐가 잘났다고 그런 말 하는 건데?"

"분명 테츠 군에게 관심이 있었는데 다른 애들에게 맞춰서 다물고 있던 쪽이었겠지."

"별꼴이야! 얼굴도 별꼴이면서!"

"뭐야?!"

아…… 응. 큰일 났다. 아주 큰일 났다. 무진장 큰일 났다. 이만 돌아가고 싶다.

으윽, 속이 쓰리지만…… 도망치면 안 돼…….

하지만 뭘 어떻게 해야 하지……?

나와 테츠히코가 데리고 있던 여자애들이 완전히 험악한 분위기에 돌입해버렸다…… 게다가 여기저기서 화에 불이 붙었는데…….

"모처럼 스에하루 오빠와 즐거운 시간을 보내는데……."

마리아마저도 폭발하기 직전이다.

"트럭이라도 안 달려들려나……."

시로쿠사는 무서운 소리를 하고 있었다.

"하루야. 나랑 몰래 도망치지 않을래?"

쿠로하는 은근슬쩍 매력적인 제안을 해왔다.

"그러고는 싶지만 그러면 내가 나중에 죽잖아!"

내가 머리를 부여잡고 있으니 시로쿠사와 마리아가 바로 따지고 들었다.

"시다 양? 무슨 치사한 짓을 하려는 거야?"

"쿠로하 선배님은 정말로 방심할 수 없는 분이시네요."

"뭐가? 나는 하루를 도와주려고 제안한 것뿐인데?"

"그런 변명으로 시치미를 뗄 생각이야?"

"그런 거라면 모모와 도망쳐도 괜찮은 거죠? 그럼 모모와 도망쳐요, 스에하루 오빠."

"뭘 멋대로 손을 잡는 거야. 함께 도망친다면 나지, 스짱?!"

"모모가!"

"내가!"

풍림화산에 '침공은 불처럼'이라는 문장이 있는데 지금이 바로 그런 상황이었다. 싸움의 불씨는 눈 깜짝할 사이에 세 사람의 마음에 불을 붙여서 대화재가 되어 있었다. 그리고 팬클럽 애들과 테즈히코 일행의 싸움도 더욱 불이 커진 상황이었다.

"이 거짓말쟁이! 나에게 거짓말한 거 사과해!"

"너도 마루 군을 처음엔 촌스럽다고 했잖아. 그런데 뭐? 팬클럽? 그게 더 촌스럽거든?"

"너 정말?!"

"흥, 바람둥이 꼴이 말이 아니네요! 꼴 좋네요!"

"아아아아아아, 왜 이렇게 된 거냐고오오오!"

현장이 완전히 카오스로 변했다. 이젠 어디서부터 손을 써야 하는 건지도 알 수 없었다.

옆을 보니 유일하게 나에게 동조해줄 사람일 테츠히코가 어째서인지 태평하게 기다리고 있었다. 어지간히 한가한지 주머니에서 꺼낸 츄파춥스를 핥기 시작했다.

"야, 테츠히코. 어떻게 좀 해봐!"

"어떻게 할 수 있을 것 같냐?"

"……아니."

"그렇지? 뭐, 이럴 때는 조금 떨어진 곳에서 보고 있는 게 요령이야. 도망치면 장난 아니라고. 쫓아오거든."

"왜 경험담이 나오는 건데. 그게 더 놀랍거든!"

어쩌지?! 막아야 하나?! 막을 수 있나?! 뭐라고 하면 되지?! 섣부르게 끼어들면 악화될지도 모른다고! 내가 빌어서 가라앉는다면 주저하지 않겠지만 지금 상황에서 비는 건 아무 의미가 없을 게 분명해!

"아아아아아아아, 어쩌면 좋냐고오오오오!"

"바보 같은 녀석들!"

공기를 가르는 듯한 의젓한 목소리.

힐난하고 매도하며 진흙탕이 되어버린 현장에서 그 목소리가 청정하게 울렸다. 무심결에 모두가 화내던 것을 잊고 목소리의 주인—— 에스카와를 주목했다.

"우선 모두 진정해."

난폭하던 모두의 마음을 달래는 듯한 상냥한 목소리였다.

"카이, 너는 일행을 데리고 조금 떨어져 줘. 우리와는 상성이 너무 안 좋으니까."

"……뭐, 정론이네."

테츠히코는 츄파춥스를 입에 문 채 머리를 긁으며 여자애들을 모으기 시작했다.

"우리 일행이 미안했어."

에스카와가 테츠히코의 일행에게도 말을 건넸다.

그 애들은 싸늘한 표정이었지만 한 명이 "딱히 그쪽이 잘못한 것도 아니고." 하고 말했다. 그저 그것만으로도 응어리가 상당히 풀린 듯한 느낌이었다.

이어서 에스카와는 테츠히코의 일행 중에 있는 '거짓말쟁이' 소리를 듣던 여자애에게도 말을 걸었다.

그 애는 '테츠히코를 안 좋게 말했지만 그건 거짓말이었고 몰래 테츠히코와 데이트를 했다'는 특수한 상황이었다. 게다가 우리 학교의 학생이다. 그래서 개별적으로 풀어줘야 한다고 느낀 거겠지.

"거짓말은 좋은 행동이 아니지만 거짓말을 하지 않는 사람은 없어. 우선 이 자리에서 거짓말을 한 것을 사과하고 내일 하루 자신이 한 행동을 생각해 보는 게 어때? 그리고 다음 주에 다시 이야기를 나눠봐. 그때는 서로 머리도 식었겠지. 만약 학교에서 단둘이 이야기를 나누고 싶다면 학생회실로 와. 장소를 제공해줄 테니까."

대단한데…… 그 혼란스럽던 상황에서 용케 그 정도로 타당한 판단을 내릴 수 있었는걸…….

어떻게 해결하면 좋을지를 전력으로 생각했다면 나도 언젠가는 에스카와와 같은 의견에 다다랐을지도 모른다.

그러나 적어도 나는 이 자리에서는 떠오르지 않았다. 이 차이는 컸다. 모두가 싸우고 헤어진 뒤에는 같은 해결 방법으로 대처할 수는 없었을 테니까.

에스카와의 조언을 듣고 거짓말쟁이 소리를 들은 여자애가 사과했다.

그러자 거짓말쟁이라고 힐난해버렸던 여자애도 말이 심했다며 작게 고개를 숙였다.

이 자리에서는 이걸로 충분하겠지.

만약 이 사과가 없었다면 두 사람은 거북한 마음이 남아서 내일 온종일 괴로웠을 게 분명하다. 서로 사과했다는 사실이 있으니 다음 주에 냉정하게 이야기를 나눌 수도 있을 터였다.

"그리고 시다, 카치, 모모사카 세 사람은…… 사이좋게 지내라고 해도 소용없으리라 생각하지만 적어도 때와 장소는 가려서 해."

"""으____.""""

정론에 세 사람도 입을 다물 수밖에 없었다.

"모처럼의 기회니까 우리 팬클럽 애들과 좀 더 제대로 이야기를 나눠봐. 친구가 될지 싸우게 될지는 알 수 없지만 끼리끼리 모여서 싸우는 것보다는 나을 테니까."

지당하신 말씀이었다.

테츠히코가 일행과 함께 자리를 뒤로하자 소동은 완전히 가라앉았다.

덕분에 우리는 무사히 추리 게임을 하면서 즐거운 시간을 보낼 수 있었다.

전부 에스카와 덕분이라는 건 명백한 일이었다.

*

해가 지려고 했다.

오늘 하루 충분히 놀았고 팬클럽 애들과도 교류할 수 있었다. 아주 만족스러운 하루였다.

지금은 다 함께 시부야역으로 가서 해산할 예정이었다.

"으으, 자연스럽게 놀고 말았어……."

"생각보다 다들 좋은 애들이라 곤란해……."

"레나 양 말고도 친구가 생길 줄은……."

전방에 있는 쿠로하, 시로쿠사, 마리아는 좋은 일 같은데도 어째서인지 풀이 죽어 있었다.

　문득 뒤를 보니 에스카와가 최후방에서 일행을 지켜보고 있어서 나는 걷는 속도를 늦추며 옆에 섰다.

　"에스카와, 오늘은 정말 고마웠어."

　"느닷없이 왜 그래?"

　"그게, 에스카와가 없었다면 큰일이 났었겠다 싶어서."

　"나는 통솔하려고 리더를 맡은 거니까 신경 쓰지 마."

　오늘 하루 같이 있었는데 에스카와는 딱딱하다고 할까, 무척 예의 바르게 대해주는 착한 애지만 친해졌다는 감각이 없었다.

　그래서 나는 좀 더 솔직한 이야기를 나눠보고 싶었다.

　"그래도 미안하잖아. 관심도 없는데 팬클럽 리더가 되어서 온종일 같이 있어 줬으니까. 놀 때도 자기 몫은 자기가 냈고."

　"그렇지는 않은데? 나도 너에게는 관심이 있어."

　"어? 그래?"

　"일반적인 수준 정도지만. 거기에 애초에 나는 그렇게 집단으로 놀러 다닌 적이 없어서 오늘 하루는 무척 신선한 느낌이라 즐거웠어."

　"나도 이렇게 많은 애들과 놀러 가는 건 처음이었어."

　나＋에스카와＋팬클럽 네 명…… 합계 여섯 명으로 시작했는데 거기에 쿠로하, 시로쿠사, 마리아 세 사람이 더해졌고 마지막에는 시온까지 와서 최종적으로는 열 명이 되었다. 많아도 너무 많다.

그래도 그렇구나. 즐거운 시간을 보낸 건가.

그건 그것대로 다행인데—— 역시 에스카와는 조금 딱딱했다.

"에스카와는 친구와 놀러 갈 때도 그런 느낌이야?"

"그런 느낌이라니?"

"예의 바르다고 할까, 빈틈이 없다고 할까. 에스카와의 속을 영 알 수가 없어서."

"속이라고 해도 말이지……. 놀러 갈 때도 언제나 이런데?"

"놀러 간다니 누구랑?"

"너에게는 학생회장이라고 말하는 편이 바로 이해가 되려나?"

"아～ 잘 놀게 생긴 그 학생회장? 학생회 밖에서도 사이가 좋나 보네?"

"놀라는 사람이 많은데 이상하게도 그래."

가끔 있다. 명백하게 정반대로 보이는데 상성이 좋은 상대가. 학생회 선거에서도 극과 극인 콤비라고 생각했었는데 사생활에서도 사이가 좋다는 건 의외였다.

"그렇구나. 그럼 리더십이 있는 것도 옛날부터 그랬어?"

"글쎄……."

"중학교 때도 학생회에 들어갔다거나?"

"아니, 중학교 때는 검도 외길이었어. 클럽 활동 이외의 활동은 최소한으로밖에 안 했었지."

"아～ 에스카와는 검도 소녀란 느낌이니까. 전통적인 분위기가 있다고 할까, 의젓해서 무도가 엄청 잘 어울려. 강하지?"

"유감스럽게도 대단한 실력은 아니야."

"아까 다른 애가 매번 1회전 패퇴하던 우리 검도부에서 유일하게 지방 대회 수준의 실력이라고 했었는데?"

"전국 수준은 아니니까 아직 멀었지."

에스카와는 자신에게 엄격한 느낌이 있다. 구도자 같다고 할까. 그런 부분이 인덕으로 이어져서 모두를 이끌어도 반론이 나오지 않는 분위기가 되었다고 생각한다.

"충분히 대단한데 말이야~."

"정말로 대단한 사람은 수준이 다르니까."

조금 걸리는 말투였다.

"혹시 그런 사람이 근처에 있었어?"

"……?!"

에스카와의 기다란 포니테일이 가늘게 흔들렸다.

아무래도 정곡이었던 모양이다.

"……마루는 보기와는 달리 감이 좋은걸. 연예계 경험 덕분이야?"

"보기와는 다르다는 말은 필요 없잖아."

"그러게."

쿡쿡, 하고 에스카와가 웃었다.

평소의 냉정 침착한 표정보다 훨씬 매력적으로 느껴졌다.

"대단한 건 세 살 위의 내 오빠야. 내가 검도를 배우기 시작한 것도 오빠의 영향인데 오빠는 옛날부터 문무 양도여서 무엇 하나 이기지 못했어. 오빠는 중학교에서도 고등학교에서도 검도로 전국 4강이었어. 학교도 우리보다 명문고에 들어가서 여유롭게 일본 제일의 국립대에 합격했지. 지금은 대학생이야."

"으아, 무슨 그런 사람이……."

때때로 비정상적일 정도로 우수한 사람이 있단 말이지. 그런 사람은 기본적으로는 머리가 좋으니까 기억력이 좋고. 사고력도 높으니까 습득도 빨랐다. 그래서 무슨 일을 해도 수준이 높았다. 내 주변 사람 중에는 마리아가 바로 그런 타입이었다.

"나는 1지망 학교에서 떨어져서 우리 학교에 들어왔는데 입학 당시에는 오빠와의 차이가 명확해져서 의욕을 많이 잃었어. 허송세월 보내고 있을 때 지금의 학생회장과 만나서 학교와 주변 사람들을 위해 활동하는 것도 괜찮아 보인다고 생각해서 지금에 이른 거야."

사람에게는 역사가 있다는 건가. 이렇게 착실한 여자애는 처음 보는 느낌인데 본인은 열등감을 가지고 있었다니 흥미로웠다.

"에스카와는 오빠 일로 콤플렉스를 가지고 있을지도 모르지만 내가 보기에는 에스카와도 충분히 대단해."

"내가?"

"응. 에스카와의 오빠는 장난 아니지. 하지만 에스카와도 엄청 착실한 데다가 모두를 생각하고 행동하니까 사람이 너무 좋아서 놀랄 정도라고."

"딱히 대단한 일은 안 했어."

에스카와는 쓴웃음을 지었다.

"하지만 가장 대단한 건 그런 대단한 사람이 가까이에 있어서 좌절했으면서도 재기해서 노력하는 부분이라고 생각해."

"…………."

에스카와의 눈이 커졌다. 그대로 뜨거운 시선으로 나를 본다. 마치 뒷말을 재촉하고 있는 것 같았다.

"나도 옛날에 완전히 좌절한 적이 있었거든. 주변 사람들에게 폐도 끼쳤고 재기할 때까지 몇 년이나 걸렸어. 하지만 에스카와는 1년도 되지 않아 재기했고 그사이에도 노력해서 지금은 부회장이잖아? 그런 자세라고 할까, 마음가짐 같은 게 평범한 나로서는 굳은 심지를 본받고 싶을 정도야."

에스카와는 진심으로 놀란 듯한 얼굴을 하고 있었다.

"설마 너에게 그런 말을 들을 줄은 몰랐어."

"어? 뭔가 이상해?"

"이것저것 지적하고 싶은 부분은 있지만 네가 자신을 평범하다고 하는 게 가장 놀라운데."

"그래?"

"그렇잖아. 너는 국민 아역이라는 말까지 들었으니까. 부활하고 방송 출연도 안 했으면서도 세간을 떠들썩하게 했고. 너는 우리 오빠를 장난 아니라고 했지만 우리 오빠가 아무리 문무양도라고 해도 전국에는 몇 명이나 있는 수준이야. 하지만 너는 온리원이잖아. 너처럼 활동하는 남자애는 너밖에 없어."

"그 온리원이라는 건 사람은 누구나 온리원이라고 하는 것과 다름없는 수준이잖아. 내가 대단치 않은 사람이라는 건 스스로 가장 잘 안다니까."

"……그렇구나. 너는 그런 식의 사고방식을 가진 건가."

"혼자서만 납득하지 말아 줄래? 나도 이해되게 말해줘."

"아니, 이거야말로 대단치 않은 이야기야. 그래서 나는 너를
_____."

거기까지 말한 에스카와가 돌연히 걸음을 멈췄다.

"왜 그래?"

"······아니, 아무것도 아니야."

"근데 나한테 무슨 말 하려고 했었잖아."

"············."

에스카와는 어째서인지 한순간 아련한 눈을 했다.

하지만 바로 정신을 차렸을 때는 이미 평소의 시원시원한 표정으로 돌아와 있었다. 이어서 에스카와가 부드러운 어조로 말했다.

"네가 대단하다 싶어서. 그것뿐이야."

"그, 그래? 고마워."

바로 앞에서 칭찬을 듣는 건 역시 쑥스러운걸······.

"그래도 문제 되는 행동은 자제해줘. 다음에도 제지할 수 있을지는 알 수 없으니까."

"나 말고 다른 애들에게도 말해줬으면 하는데. 테츠히코나 시온 같은 애들한테."

"유감이지만 그 두 사람에게는 이미 말하고 있어."

역시 둘이서 차분하게 이야기를 나눠보지 않으면 모르는 일이 있다는 생각이 들었다.

학생회 부회장이라는 직함 탓에 에스카와가 약간 불편하게 느

껴졌는데 이야기를 나눠보니 상식적이고 상냥한, 그리고 착실한 여자애라는 것을 알 수 있었다.

무척 혼란스러웠지만 결과적으로는 즐거운 하루였는걸…….

그런 생각을 한 나는 석양빛으로 물드는 시부야역 앞에서 일행과 헤어졌다.

*

그로부터 이틀 뒤——.

월요일이어서 의욕이 하나도 없던 나는 평소처럼 테츠히코와 교실에서 멍하니 점심을 먹고 있었다.

그리고 그때.

"이리 오너라아아아아아!"

굵은 목소리가 메아리침과 동시에 느닷없이 수많은 남학생이 교실에 밀어닥쳤다.

"야야…….."

"무슨 일이야?!"

교실 안이 소란스러워지는 사이에도 남학생들은 늘어나서 총 스무 명에 이를 정도가 되었다.

그리고 그들의 목표는 나인듯했다.

"——마루 스에하루!"

자세히 보니 남학생들은 두 개의 집단으로 나뉘어 있었다.

한쪽 집단의 선두에 선 건 오구마. 방금 목소리를 낸 장본인이었다.

바로 옆에는 다른 한쪽의 집단을 통솔하는 나바가 있었다.

"뭐, 뭔데……."

이 정도 숫자의 집단이 몰려드니 압력이 무시무시했다. 그리고 땀내 났다.

오구마는 나를 부릅뜬 눈으로 노려보고는 뒷주머니에서 접힌 종이를 꺼냈다.

종이에는 '도전장' 이라고 적혀있었다.

"우리 시다 쿠로하 팬클럽, 통칭 '싫어 동맹' 은 너에게 결투를 신청하겠어!"

"뭐어?!"

"홋…… 우리 카치 시로쿠사 팬클럽…… 통칭 '절멸회' 도…… 마찬가지로 결투를 신청하지……. 각오해, 마루 스에하루……."

"잠깐, 잠깐만. 진짜 잠깐만. 좀 있어 봐봐. 뭔 소린지 전혀 모르겠다만?!"

내가 혼란스러워하는 사이에 오구마와 나바가 뭔가 다른 종이를 테츠히코에게 건넸다.

"카이, 계약서야. 내용을 확인해봐."

……또 테츠히코가 엮인 일인가?

나는 테츠히코의 등 뒤로 가서 계약서라 불린 종이를 보았다.

아무래도 계약서란 말 그대로의 의미로, 촬영의 동의, 군청 채널에서 동영상 공개 동의 등의 계약이 적혀있었다.

"응……?"

특히 신경 쓰인 건 마지막 부분이었다. 요구라는 항목이 있다. 일반적인 계약서에는 있을 리가 없는 항목이었다.

"뭐지? 요구? 마루 스에하루의 '싫어 동맹' 입회?"

나를 무시하고 테츠히코가 나직이 말했다.

"그렇다면…… 군청 동맹의 요구는 너희가 군청 동맹의 하부 조직이 된다는 건 어때. 도움이 필요할 때 도우러 와. 우리를 거스르면 강제 해산하는 거고. 어때."

"우리는 노예가 될 생각은 없어!"

오구마의 뒤에 있는 '싫어 동맹' 멤버가 굵은 목소리를 높였다.

"딱히 무리한 요구를 할 생각은 없어. 군청 동맹의 요구는 어디까지나 '싫어 동맹'에 대한 거야. 요컨대 최악의 경우로 너희가 '싫어 동맹'을 관두면 내가 아무리 무리한 요구를 해도 들을 필요는 없다는 거지. 뭐, 그렇게 되지 않을 정도로는 부려 먹을 생각이지만."

"큭, 몸은 넘겨도 마음까지는 넘기지 않아!"

"너희로서도 시다와 조금 가까워지는 거니까 나쁜 조건은 아니라고 보는데."

오구마는 등 뒤에 선 '싫어 동맹' 멤버의 표정을 살펴본 뒤에 고개를 끄덕였다.

"……알았어. 그 조건으로 승부를 겨루지."

"계약 성립이군."

테츠히코와 오구마가 악수를 나눴다.

"홋…… 우리도 그렇게 하지."

"오케이."

같은 조건을 제시한 나바와 테츠히코가 합의의 악수를 했다.

멍 때리는 사이에 이야기가 끝나버렸다.

"야…… 얌마."

"뭔데, 스에하루. 두 번이나 부르지 말라고."

"아니, 방금 그거 뭐냐?"

"계약한 건데?"

"그딴 건 보면 안다고! 왜 그렇게 되는 건데?! 게다가 이거 군청 채널의 기획이야?!"

무슨 뚱딴지같은 소리냐는 것처럼 테츠히코가 고개를 내저었다.

"금요일에 했던 회의에서 결정했었잖아. 군청 채널의 새로운 시리즈로 대결 콘텐츠를 하자고. 드물게 만장일치였잖냐."

"그건 기억하는데."

"세세한 룰은 일단 내가 만들어보기로 했었지?"

"……뭐, 그랬었지."

"대결을 하려면 대결하는 상대에게 영상에 나와도 괜찮다는 동의를 받아야 하지?"

"그렇지."

"대결하는데 아무것도 걸지 않으면 흥이 안 나지?"

"뭐, 그것도 알겠는데 왜 내가 쿠로의 팬클럽에 입회하는 게 조건이 되었는지가 알 수 없다만?"

테츠히코가 대수롭지 않은 일이라는 것처럼 말했다.

"내기는 서로 요구를 내놓지 않으면 성립하지 않으니까. 대결 상대 쪽의 조건이 너의 싫어 동맹 입회라는 것뿐이야. 아마 일거양득을 노린 거겠지? 맞아?"

테츠히코가 떠보자 오구마는 짧은 머리칼을 긁었다.

"맞아. 처음에는 시다 양에게 '싫어 동맹'을 공인받을까 생각했는데 마루가 들어오는 쪽이 더 괜찮지. 입회하면 마루는 일개 병졸. 시다 양과 교섭할 때 마루를 데리고 가면 공인 이상의 조건도 끌어낼 수 있어! 옛날 사진을 제공받거나 도촬…… 이걸 어떻게 참아! 그리고 열 받았을 때는 동맹의 규약 위반으로 사적 제재를 가하는 것도 가능해지니까!"

"머리 좀 굴렸는데?"

"그렇지?"

테츠히코는 씨익 웃었고 오구마는 콧등을 비볐다. 마치 강적이라 쓰고 친구라고 부르는 것을 몸소 표현하고 있는 듯한 대화였다.

"굴리긴 뭘 굴려 이 쓰레기 놈들아아아아아!"

내가 소리치고 있는데도 완전히 무시하며 테츠히코와 오구마는 대화를 이어나갔다.

"그럼 우선 '싫어 동맹'과 대결하는 경기말인데……."

테츠히코의 말에 오구마가 알통을 만들어 보이며 대답했다.

"──야구로 승부를 겨루자!"

제3장 의리 없는 싸움과 시시한 사랑

*

방과 후에 나는 체육용 운동화로 갈아 신고 운동장에 와 있었다. 체육복으로 갈아입을까도 고민했지만 거기까지는 귀찮아서 관뒀다.

"왜…… 이렇게 된 거지……."

나는 망연자실하게 서 있었다.

"진짜로 이게 뭔 상황이냐고! 왜 느닷없이 야구인데?!"

"뭐, 분명 슨배님의 업이겠죠."

카메라를 든 레나가 옆에 섰다.

이 대결은 군청 채널에서 공개할 예정인 모양이니 레나가 카메라맨으로 대기하고 있는 건 당연한 흐름이었다.

거기까지는 알겠는데…….

"응? 뭐? 무슨 업?"

"악행에 대한 응보라는 의미예요."

"아니, 업의 의미는 아는데 무슨 악행?"

레나가 진심으로 바보 취급하는 표정으로 나를 바라보았다.

"진짜로 몰라요? 진심으로 하는 소리? 병원 가실래요?"

"우선은 열 받으니까 뺨부터 잡아당기마."

"누가 보아도 이게 악행이잖아요~!"

이건 후배에 대한 지도이며, 후배에 대한 지도는 선배의 의무이자 다정함! 그러므로 악행이 아니다!

바로 놔줬지만 상당히 경계심을 자극했는지 레나는 아까보다 두 걸음 정도 떨어졌다.

"…………."

나는 그 거리감이 신경 쓰여서 두 걸음 다가갔다. 그러자 레나가 다시 두 걸음 도망쳤다.

"왜 도망가는데."

"가슴에 손을 얹고 생각해 보시죠."

나는 가슴에 손을 대고 생각해 보았다.

"모르겠는데. 나는 청렴결백해."

"하아……."

땅이 꺼지도록 한숨을 내쉬는 건방진 후배에게 다가가자 건방진 후배는 경계하며 슬금슬금 뒷걸음쳤다.

"슨배님, 아베 선배님 아시죠?"

"……뭐, 일단은."

"슨배님, 아베 선배님 좋아하세요? 아니면 짜증 나나요?"

"짜증 난다고 할까, 얼굴도 잘생기고 머리도 좋고 성격도 괜찮고 무엇보다도 여자애들에게 인기가 많잖아. 질투 나서 속이 뒤집힐 것 같다고, 망할!"

레나가 나에게 휴대전화를 조용히 내밀었다. 거울 앱을 사용한 건지 휴대전화에는 내 얼굴이 비치고 있었다.

"이게 왜."

"얼굴이 특별히 잘생겼다고 할 정도도 아니고, 머리는 우리 학교에서는 그다지 좋은 편이 아니고, 성격은 뭐 사람 취향마다 다르겠지만, 그런 사람인데 한 가지 특기 덕분에 팬클럽이 생길 정도로 인기가 많은 사람이 있거든요. 다들 어떻게 생각할까요?"

"뭐, 죽여버릴 수밖에 없지."

"그렇죠?"

"내가 살해당할 것 같은데 아무렇지도 않게 '그렇죠?' 하고 찬동하지 말라고."

"이 이상 악행을 쌓는 건 그만하시라구요~!"

내가 뺨을 잡아당기자 레나가 날뛰면서 내 배를 때렸다.

정말이지 교육이 안 된 후배구만! 벌을 내려주마!

그런 느낌으로 평소처럼 놀고 있는 사이에 야구부 멤버가 모였다.

야구부 전원이 '싫어 동맹'의 멤버는 아니지만 오구마가 리더이고 포교한 것도 있어서 '싫어 동맹' 안에는 야구부원의 비율이 많았다.

그런 이유도 있어서 오늘 방과 후는 운동장을 자유롭게 쓸 수 있을 것 같았다. 클럽 활동 고문 선생님은? 하고 생각했는데 매년 지구 예선 1회전 패배인 것도 있어서 전혀 열심히 하고 있지 않으니 괜찮다는 듯했다.

덧붙여서 지금은 테츠히코가 오구마와 세세한 대결 방법에 대해 의논하고 있었다. '야구 승부다!'라고 해도 군청 동맹은 정식 멤버가 다섯 명이니 일반적인 룰이라면 팀 멤버를 네 사람 더 모으는 것부터 시작해야 했다.

오, 의논을 끝낸 테츠히코가 이쪽으로 왔다.

"룰이 정해졌어. 2대2로 승부야."

"야구에서 2대2? 어떻게 하는데?"

"수비 측은 투수와 포수로 한 세트. 공격 측은 타자가 될 순서를 정해서 두 번째 타자가 끝나면 첫 번째 타자로 돌아가는 걸로."

"그렇군. 수비는 내야와 외야가 없어도 괜찮아?"

"뭐, 타구로 판단한다나 봐. 심판으로 에스카와를 넣어뒀으니까 공정함은 유지되겠지."

운동장을 보니 어느 사이엔가 에스카와가 있었다. 약간 어이없다는 표정으로 야구부 멤버와 이야기를 나누고 있다.

"그래서 주자도 없어. 일루타면 진루 한 번으로 고정. 스리아웃제로 5회까지. 연장은 있고."

"뭐, 그 이상 길면 어깨도 못 버티니까……."

야구부라면 괜찮을지도 모르지만 이쪽은 아마추어고.

"그리고 투수와 포수가 중간에 교대해도 괜찮아. 음…… 룰은 그 정도인가. 아, 당연히 군청 동맹의 참가 멤버는 나와 너야."

"애초에 말이야, 테츠히코. 상대가 야구부여선 우리에게 승산은———."

"오오오오오오오오!"

돌연히 터져 나온 땀내 나는 남정네들의 목소리에 나는 놀라서 돌아보았다.

"······?!"

그곳에는 치어리더 의상을 입은 쿠로하, 시로쿠사, 마리아 세 사람의 모습이 있었다.

쿠로하는 언짢아 보이는 표정이었다.

시로쿠사는 부끄러운 건지 새빨개져서 고개를 숙이고 있었다.

마리아 혼자만 평소대로였다. 여유작작한 태도로 웃음 짓고 있다.

시로쿠사가 고개를 숙인 채 빠른 걸음으로 다가와서 화를 냈다.

"카이 군! 이게 어떻게 된 거야?! 응원용 의상이라고 들어서 입었더니 치마가 너무 짧잖아!"

흠, 확실히. 세 사람 모두 스커트 기장이 대단히 짧았다. 대략 무릎 위 20센티미터 정도로 상당히 대담했다.

이렇게 세 사람이 나란히 서니 시로쿠사가 가장 눈에 띄는걸. 세 사람 모두 다리가 예쁘지만 쿠로하와 마리아보다 시로쿠사가 장신이고 모델 체형인 덕분이었다.

테츠히코는 눈썹 한 번 까딱이지 않고 말했다.

"야구 승부는 우리가 불리해. 상대를 방심시켜야 해. 그걸 위한 의상이야."

"그렇다고 해도 이건——."

부드럽게 가을바람이 불었다.

그 탓에 휘날릴 뻔한 치마를 시로쿠사가 황급히 눌렀다.

"요, 용서 못 해…… 나에게 이런 엉큼한 옷을 입히다니…….."

시로쿠사는 상당히 화가 난 모양이었다. 새빨간 얼굴로 부들부들 떨고 있었다.

"보여도 어차피 언더스커트잖아. 닳는 것도 아니고."

"존엄이 손상돼!"

"이건 군청 동맹으로써 겨루는 승부인데 도움이 안 돼도 상관없다는 거야? 지면 스에하루가 시다의 팬클럽에 들어가는데? 도와주고 싶다면 그걸로 상대의 집중력을 잘 흔들어달라고."

"큭, 역시 너 싫어……."

시로쿠사가 날카로운 시선으로 위협했지만 평소와는 다르게 전혀 무섭지 않았다. 노려보아도 사로잡힌 공주 기사가 저항하고 있는 것처럼 에로함을 증폭시키는 행동이 되었고, 요컨대 포상이라고밖에 할 말이 없었다. 감사합니다.

"테츠히코, 어느 틈에 이런 의상을 준비한 거야?"

나는 진지한 표정으로 물었다.

"클럽 활동부 녀석들과 승부를 겨룬다면 필요할 것 같았거든. 금요일에 군청 동맹에서 기획이 통과된 뒤에 바로 레나에게 부탁했어."

"그럼 이 치마 길이는 레나의 아이디어인가."

"디자인은 제가 골랐지만 치마 길이는 테츠 선배가 지정했어요."

나는 한 방 먹었다는 것처럼 자신의 이마를 찰싹 쳤다.

"정말이지 테츠히코…… 너란 녀석은…… 너무 천재적이잖아……."

"새삼스럽게 뭐야, 바보하루. 전에도 말했잖아. 알고 있다고."

"흥, 한 마디를 안 진다니까."

"사실이니까."

우리는 마주 보고 씨익 웃으며 뜨거운 악수를 했다.

"남자들끼리 뭘 신나서 떠드는 거야!!!"

큰 목소리로 우리의 우정을 날려버린 건 물론 쿠로하였다.

"테츠히코 군, 너 말이지! 이 의상도 화내고 싶지만 애초에 야구부에게 야구로 싸워서 이길 수 있을 리가 없잖아! 그런 무모한 승부로 하루를 내 팬클럽에 넣는다고? 이건 너무 지나치잖아!"

"음? 아, 그러고 보니 계약서를 제대로 보여준 적이 없었나. 군청 동맹 멤버 모두 모여봐."

테츠히코가 주머니에서 꺼낸 계약서를 펼쳤다. 멤버들이 계약서를 둘러싸고 문장을 들여다보았다.

나는 그다지 관심이 없었기에 한 걸음 떨어져서 그 모습을 살펴보고 있었는데 다들 허리를 굽히고 있는 탓에 치맛자락이 정말로 아슬아슬했다. 특히 시로쿠사. 하지만 다들 계약서에 집중하고 있어서 깨닫지 못했다.

나는 마음속으로 손을 모으고 감사하다며 인사했다.

"음…… 아, 승부는 양측이 바란 경기를 각각 하는 거구나."

"그래. '싫어 동맹'이 제시한 승부가 야구라는 것뿐이야. 저도 우리가 바란 경기에서 이기면 1승 1패로 무승부. 무승부가 되었을 때는 양측의 요구는 이루어지지 않고 무효가 돼."

"테츠히코 선배님, 그럼 군청 동맹은 무슨 승부를 제안할 예정인가요?"

마리아의 물음에 테츠히코는 팔짱을 끼며 생각했다.

"스에하루를 내보내서 '성대모사 승부', 여성 멤버로 '노래 승부' '패션 승부'라면 낙승이겠지. 내가 나가서 '헌팅 승부'를 해도 괜찮고."

"그거면…… 뭐, 이기겠네."

"그렇네요. 질 요소가 없어요."

"그럼 승부 그 자체에 의미가 없잖아. 야구로 우리가 저쪽을 이길 수 있을 리도 없고."

테츠히코가 코웃음을 쳤다.

"시다도 아직 멀었네. 왜 이겨야 하는데?"

"응?"

그 자리에 있던 모두의 눈이 자연스럽게 동그래진 차에 오구마가 말을 걸었다.

"지금부터 15분간 연습 시간을 가지자. 미리 말해두겠는데 다쳐서 기권하면 진 거니까!"

그렇게 말하며 공과 글러브, 그리고 배트를 건네왔다.

야구는 중학교에서 재미로 했을 때 이후로 처음인가. 적어도 투구 연습은 하고 싶었다.

그렇게 생각한 나는 재빨리 글러브를 끼고 테츠히코와 캐치볼을 시작했다.

"야, 테츠히코. 대책은 있겠지?"

"당연하지. 잠깐 이리 와봐."

우리는 접근해서 극비 이야기를 시작했다.

"우선은…………잖아. 그렇게 되면…………."

"아~ 뭐, 그렇게 되겠지……."

운동장에는 사람이 늘어서 상당히 주목을 받고 있었다. 다만 테츠히코가 입가를 글러브로 가리고 있어서 대화 내용까지는 들키지 않을 것 같았다.

"테츠×스에 전개 왔다아아아아!"

으음, 이 외침은 내 팬클럽 애군…… 나중에 주의를 주자.

"…………라는 거야. 알겠어?"

"알겠는데 진짜로 할 거야?"

"까놓고 말해서 저 녀석들 짜증 나지? 여기서 깔끔하게 이기면 시다에게 더 이상 민폐를 못 끼치게 할 수 있어. 시다를 돕고 싶지 않아?"

"뭐, 그건 그런데……."

쿠로하는 그 자리에서 거절한 것처럼 팬클럽 자체를 불필요하다고 생각했다. 그뿐 아니라 민폐로 느끼고 있었다.

그렇다면—— 어쩔 수 없나.

많은 신세를 진 쿠로하를 위해서라고 생각하면 조금 아픈 꼴을 당하더라도 할 수밖에 없다고 생각했다.

"……알았어. 하자."

"오케이."

우리는 캐치볼을 끝내고 실전 연습을 시작했다.

테츠히코가 투수고 내가 포수다.

나는 앉아서 미트를 들었고 테츠히코는 기세 좋게 공을 던졌다. 그걸 몇 번인가 되풀이하고 있으니 우리를 부르는 목소리가 들려왔다.

"연습 시간은 끝이야! 시작하자!"

그렇게 시합이 개시되었다.

가위바위보의 결과로 선공은 야구부였다.

타석에 선 건 야구부 주장이자 '싫어 동맹'의 리더인 오구마였다.

"가자가자 오구마! 쳐라쳐라 오구마!"

'싫어 동맹'에는 야구부가 많은 것도 있어서 성량도 좋고 기세가 있는 응원이었다.

"하루~! 제대로 해~!"

"스짱! 힘내!"

"스에하루 오빠! 파이팅!"

그렇지만 화사함은 이쪽이 압도적으로 위였다.

치어리더 차림을 한 쿠로하, 시로쿠사, 마리아의 응원은 구경하러 온 남학생들의 시선을 못 박히게 할 정도의 흡인력이 있었다.

"스삥, 힘내라~!"

"꺄아~ 멋져~!"

내 팬클럽의 성원도 상당히 뜨거웠다. 아니, 그보다 거리가 멀어서 냉정하게 들리는 탓인지 꽤 부끄러웠다. 정말로 새삼스럽지만 상당히 우쭐거리고 있었다는 걸 처음으로 자각했다.

"흥, 마루. 아주 잘나셨구만?"

살기를 흩뿌리며 오구마가 배트를 휘둘렀다.

"카이는 뭐 생긴 게 그렇고 말재간도 좋으니까 전부터 눈에 띄었다고. 하지만 너는 우연히 시다 양의 소꿉친구라는 것 말고는 원래 우리 쪽이었잖아. 그러던 놈이 조금 눈에 띄는 짓을 한 것만으로…… 뭐, 그건 대단한 일이라고는 생각하지만, 그래도 우리로서는 조금 납득이 되지 않는단 말이야."

오구마가 하는 말도 이해가 되었다.

자신과 같은 처지에 있던 사람이 어느 사이엔가 크게 성공했다. 그렇게 머리로는 이해해도 마음속으로는 인정하기 힘든 일은 있으니까.

나도 경험이 있었다. 은퇴나 다름없는 상태가 되어 세상을 원망하고 있을 때 마리아가 성공한 모습을 보고 그와 비슷한 감정을 느꼈다. 가까운 존재여서 활약이 기뻤는데도 분한 마음은 감출 수 없었다.

"우리는 말이야, 시다 양이 행복하다면 그걸로 충분해. 딱히 우리는 시다 양에게 무언가를 받고 싶은 게 아니야. 그저 시다 양이 웃어주는 것만으로도 우리는 행복하다고. 그런데 너란 놈은——."

오구마가 쥐어짜는 것처럼 배트를 움켜쥐었다.

"시다 양의 소꿉친구라는 것에서 만족하지 못하고 '미인 여고생 아쿠타미상 작가'이자 '학교의 아이돌'인 카치 양과 애정행각을 벌이고……! '이상적인 여동생'이라 불리는 모모사카의 오빠 같은 존재라며 애정행각을 벌이고……! 당연히 '최강의 소꿉친구'인 시다 양과도 애정행각을 벌일 뿐만이 아니라 세 사람이 쟁탈전을 벌이는 대상이 되다니……! 으아아아, 용서 못 해! 이래선 끝장내버릴 수밖에 없잖아!"

"처음에는 조금 찡할 뻔했는데 마지막 부분에서는 그냥 본심이 새어나왔다만."

'웃어주는 것만으로도 우리는 행복' 부분에서는 솔직하게 좋은 녀석이라고 생각했는데 결국 질투였잖아!

"너희도 그렇게 생각하지?!"

오구마가 선동하자 '싫어 동맹' 녀석들은 "옳소, 옳소!" "끝장내버려!" 하고 우렁차게 소리를 질러댔다.

나는 검지를 까닥이며 도발했다.

"할 수 있으면 해보시지."

"이 자식이……!"

오구마가 이를 악물며 타석에 섰다.

"좋아, 와라!"

"플레이볼!"

에스카와의 선언으로 승부가 시작되었다.

주위에서 성원의 목소리가 쏟아졌다.

투수는 테츠히코. 로진백을 발치에 던지고 글러브를 높게 치켜들었다.

테츠히코는 운동 신경이 상당히 좋았다. 아까 연습에서도 야구부가 깜짝 놀랄 정도의 속구를 던졌었다.

나도 운동을 못하는 편은 아니지만 테츠히코 정도는 아니었다. 함께 운동하면 따라가는 게 고작인 수준이었다.

그런 테츠히코가 첫 번째 공을 던졌다.

구종은 스트레이트.

바람을 가르며 똑바로 돌진한 공은 빨려들어 가듯이――

――오구마의 머리로 향했다.

"으억?!"

공을 칠 생각으로 가득하던 오구마는 허를 찔려서 반응이 늦어졌다.

씨익 웃는 테츠히코.

그리고――.

오구마는 아슬아슬하게 피했고 공은 내 미트 안으로 들어갔다.

"야 임마!"

엉덩방아를 찧은 오구마가 배트를 내던지며 일어섰다.

"반칙 투구잖아!"

"지금 건 퇴장감이지!"

"해보자는 거야?!"

'싫어 동맹' 녀석들이 격분했다. 원래부터 혈기 왕성한 녀석들이었다. 벌써 난투도 불사하겠다는 분위기를 내고 있었다. 달려들 기세로 한 발짝 내디딘 녀석도 있을 정도였다.

그런 녀석들을 테츠히코가 비웃었다.

"미안해서 어쩌나. 긴장해서 손이 미끌어졌거덩."

"뻥 치지 말라고, 이 쓰레기 같은 놈아!"

"네놈이 긴장할 성격이냐?!"

"네 성격에 고의가 분명하지!"

테츠히코의 악평이 대단했다. 완전히 고의로 판정하고 있었다.

그리고── 그건 틀리지 않은 생각이란 말이지.

방금 폭투는 테츠히코가 세운 대책의 일환이었다. 그리고 이걸로 끝이 아니다.

나는 미트에서 공을 꺼내서 테츠히코에게 돌려주는 척하며 오구마의 헬멧에 가볍게 맞췄다.

"어?!"

위험하니까 다치지 않게 느린 속도로 맞췄다.

다만 행동이 행동인지라 터무니없는 상황에 주위가 소란해졌다.

나는 머리를 부여잡는 오구마를 보고 코웃음을 치며 마무리 일격을 가했다.

"야, 아직 승부 중이잖아. 인기 없다고 멍 때리며 서 있지 말라고, 이 멍텅구리야~."

"──뭐야?"

당연히 그 결과로…… 폭발했다.

"누가 인기가 없다는 거야, 임마아아아아아!"

"웃기지 말라고오오오!"

"네가 할 소리냐고오오오오!"

"마루우우우우! 죽여주마아아아!"

오구마뿐만이 아니었다. 폭발한 '싫어 동맹' 멤버가 운동장에 난입했다.

"우오오오오오오! 잡힐 것 같냐아아아아!"

나는 도발함과 동시에 도망치기 시작했다. 운동부인 오구마와 싸워서 이길 보장도 없었고 애초에 사람 수로 보아 당할 게 뻔했다.

달려서 도망가는 나. 뒤쫓는 오구마. 그리고 그 뒤에서 '싫어 동맹' 멤버도 따라왔다.

목숨을 건 추격전이 시작되었다.

"해치워! 끝장내 버려!"

"오오오오오오오!"

"우오오오오오오!"

나와 테츠히코는 도망 다녔고 '싫어 동맹' 놈들이 추격했다. 이 위험한 추격전은 에스카와와 마리아에게 주의를 듣고 겨우 가라앉았다. 참고로 쿠로하와 시로쿠사는 어처구니가 없었는지 후딱 옷을 갈아입으러 돌아가 버렸다.

그리고 그 결과로――.

"난투로 인해서 승부 무효!"

"요컨대?"

"무승부야."

심판역인 에스카와가 그렇게 선고했다.

이처럼 테츠히코의 대책이란——.

'상대를 열받게 하여 난투로 끌고 가서 무효 시합으로 만들어 무승부로 한다' 는 것이었다.

이기지는 않는다. 하지만 지지도 않는다. 그리고 우리에게 있어서 이 야구 승부의 무승부는 승리나 마찬가지의 의미였다.

이 뒤에 이루어진 군청 동맹이 제안한 승부에서는 우리가 압승을 거뒀다. 전체적으로 1승 1무가 되어 우리 군청 동맹은 비공인 팬클럽 '싫어 동맹' 을 산하에 두게 되었다.

그리고 다음 날——.

이번에는 카치 시로쿠사 팬클럽 '절멸회' 와 테니스 승부를 하고 있다.

"흡!"

"젠장……."

나는 전속력으로 쫓아갔지만 전혀 닿지 못했고 공이 한 번 튕기며 코트 밖으로 굴러갔다.

테니스 복식 대결은 포인트를 거의 따내지 못한 채 큰 차이로 1게임을 빼앗겼다.

"야, 테츠히코. 어쩔 거야. 이대로는 진다고."

'절멸회' 의 요구는 '싫어 동맹' 과 마찬가지로 나의 '절멸회' 가입이었다. 그리고 군청 동맹의 요구는 '절멸회' 를 하부조직으로 삼아 산하에 넣는 것이다.

어제는 잘 풀렸지만 이번 '절멸회'는 상당히 조심하고 있어서 현재로선 난투로 끌고 갈 틈을 찾아내지 못했다.

"생각은 있어?"

내가 캐묻자 테츠히코는 코트 주위에 있는 구경꾼들을 바라보며 말했다.

"그보다 우선 코트부터 옮기자고."

"어? ……알았어."

테츠히코와의 대화에서 부자연스러움을 느끼면서도 그런 말에 저항할 수 없었던 나는 반대쪽 코트로 이동했다.

이동하는 도중. 나바와 네트 부근에서 지나치려는 순간에 치어걸 차림의 시로쿠사가 물통을 건네줬다.

"저기, 탈수증상에 걸리면 안 되니까 마시래."

시로쿠사가 돌아본 곳에는 마리아가 있었다. 마찬가지로 치어걸 복장을 한 마리아가 철조망 출입구 근처에서 엄지를 세웠다.

아무래도 마리아가 스포츠음료를 만들어서 가지고 와준 모양이었다.

"고마워, 시로."

"너도…… 자."

"뭣?!"

놀랍게 시로쿠사는 가져온 두 개의 물통 중 하나를 나바에게 건넸다.

"카치 시로쿠사……."

나바는 감동에 떨고 있었다.

시로쿠사는 얼굴을 찌푸렸다.

"분명히 말해두겠는데 모모사카가 건네주라고 해서야! 나는 딱히 그럴 생각은 없었지만 탈수증상에 걸리면 잠자리가 사나우니까!"

"괜찮아…… 그걸로 충분해…… 고마워……."

……이 위화감은 뭘까.

일단 납득이 되는 이유이기는 했다. 하지만 같은 편인 테츠히코에게는 주지 않고 어째서 적인 나바에게 준 거지……?

불현듯 내가 돌아보자 테츠히코가 물통에 입을 대려고 하는 나바를 보며 입꼬리를 살짝 들어 올리고 있었다.

이거 설마…….

"……?!"

나바도 불길한 예감이 든 모양이었다.

입을 대기 직전에 손을 멈추고 물통 뚜껑을 닫았다.

"잠깐만. 마루의 물통과 교환해도 되나?"

역시 그런가. 나도 그 생각이 머리를 스쳤다.

테츠히코가 음료에 【독】을 타게 계획한 게 아닐까 하고.

"딱히 상관없는데. 이쪽은 선의로 준 건데 말이야~. 뭐, 그렇게까지 경계한다면 물통을 교환하고 스에하루와 동시에 마시는 건 어때."

"…………."

테츠히코의 말투가 역시 좀 수상했다. 하지만 동시에 마신다면 독이 들어있다고 하더라도 최악의 경우엔 더블 녹아웃이 되어 조건은 동등해진다.

나바는 고민하며 말했다.

"한 가지 더, 서로 한 사람씩 리타이어할 경우에는 단식으로 경기로 이어간다는 걸로 괜찮나?"

"상관없어. 그 대신 한쪽만 리타이어할 경우에는 복식이 성립되지 않으니까 그 시점에서 무효 시합으로 무승부인 걸로 하지."

"……알았어."

나바는 더블 녹아웃이 되었을 때 무효 시합으로 무승부가 되는 것을 우려한 모양이었다. 확실히 양측의 물통에 【독】이 들어 있었을 경우, 강제 무승부는 '절멸회'에게 있어선 패배와 마찬가지일 것이다.

하지만 테츠히코는 승부 속행을 인정했다. 단식으로 경기가 이어지면 군청 동맹은 반드시 진다. 그렇다면 【독】이 들어있는 물통은 한 병뿐이라는 건가……?

"…………."

"…………."

나와 나바는 교환한 물병을 유심히 바라보았다.

물병은 플라스틱제로 내용물이 보이지 않았다. 왠지 모르게 치명적인 기운이 느껴졌다.

그나저나 신경 쓰이는 건 테츠히코가 물병 교환을 그대로 받아들인 점이었다. 설마 처음에는 내 쪽에 독을 탄 물병을 주고 나바에게 의심을 사서 교환시키려는 수법이었나……?

"……역시 그쪽이지?!"

같은 생각을 했는지 나바가 다시 교환을 요구했다.

"칫."

테츠히코가 혀를 찼다. 야, 숨기는 척이라도 하라고.

결국 다시 교환해서 처음에 건네받은 것을 마시게 되었는데…… 아니, 그보다 왜 내가 마시게 된 거지? 나바는 시로쿠사가 준 거니까 마시고 싶겠지만 나는 마실 이유가 없는데?

"그럼 시작한다."

이의를 제시할지 망설인 사이에 테츠히코가 목소리를 높였다.

"셋, 둘, 하나──마셔!"

항의할 타이밍을 놓친 나는 반쯤 자포자기한 심정으로 물병을 거꾸로 들고 마셨다.

""──끄억?!""

그리고 아니나 다를까 독극물이었다…….

예상과는 달랐던 건 나와 나바 양측의 물통에 독이 들어있었다는 점이었다.

대단해…… 다니 쓰니 맵니 하는 수준을 초월했어…….

세포가 거절 반응을 일으키는 듯한 느낌이었다.

너무나도 강렬한 자극에 나와 나바는 그 자리에 엎어졌다.

"오오, 끝내주네. 역시 시다의 수제 음료다워."

"아니, 나는 평범하게 영양 음료를 만든 것뿐인데?!"

"쿠로하 선배님…… 그걸 평범하다고 하지는 않아요…….

그, 그런 거였나…….

쿠로하의 모습이 보이지 않는다 싶었는데 음료를 만들고 있었나. 그걸 감추기 위해 구태여 마리아가 만들어서 가지고 온 것처럼 보이게 해서 미스리딩을 유도했다. 그리고 쿠로하가 만든 음료를 시로쿠사가 건네게 해, 나바가 마시지 않는다는 선택지를 빼앗아서 빈틈없이 마무리를 지은 것이다.

하지만 말이야, 이 방법으론 나도 함께 죽는다만?!

"스에하루, 일어서……! 네가 일어서면 우리의 승리야……!"

그렇지, 아까 테츠히코도 말했던가. 양측이 리타이어하면 단식으로 속행하지만 한쪽만 리타이어하면 복식이 성립되지 않으니 무승부로 하겠다고.

"넌 옛날부터 시다의 요리를 먹어왔잖아. 그러니 나바에 비하면 면역이 있을 거라고."

"……?!"

화, 확실히……. 나는 몸은 상당히 한계에 다다랐지만 의식은 어떻게든 유지하고 있었다.

한편 바로 옆에서 쓰러진 나바는 이미 의식이 날아간 것처럼 보였다.

"끄응…….."

나는 이를 악물며 양팔의 힘을 쥐어짰다.

팔을 세워서 상반신을 일으킨다. 거기까지 했다면 다음은 다리다.

"우오오오오오오오오오오!"

나는 겨우겨우 일어서며 함성을 내질렀다.

승리의 포효였다.

"마루 녀석 대단한데! 일어섰어!"

"이걸로 이 테니스 승부는 무효 시합으로 무승부야!"

환호가 터져 나오는 가운데 혼자만 무표정으로 서 있는 여학생이 있었다.

──쿠로하였다.

"하루, 테츠히코 군…… 잠깐 이쪽으로 와볼래……? 할 이야기가 있는데…….."

"테츠히코, 도망치자!"

"그려!"

나와 테츠히코는 등을 돌리고 뛰었다.

"도망치지 마!"

그런 우리를 쿠로하가 시커먼 오라를 내뿜으며 쫓아왔다.

최종적으로는 집 앞에서 매복하고 있던 쿠로하에게 붙잡힌 나는 귀 따갑게 설교를 들었지만 테니스 승부 자체는 테츠히코의 계획대로 무승부가 되었다.

물론 다음 날 치른 군청 동맹이 제안한 경기에서는 압승해서 '절멸회'도 산하에 넣을 수 있었다.

*

"뭔가 정기 모임이 되는 것 같아서 탐탁지 않은데…….."

카페의 룸에서 시로쿠사가 한숨을 내쉬었다.

이곳은 어느 사이엔가 단골이 된 학교 근처의 카페였다.

쿠로하, 시로쿠사, 마리아는 매번 찾는 룸에 자리 잡고 밀담을 나누고 있었다.

"그러고 보니 스짱은? 셋이 모이는 걸 들키지는 않으려나."

"안심하세요, 시로쿠사 선배님. 조지 선배님에게 부탁해서 스에하루 오빠의 주의를 끌고 있으니까요."

"너 완전히 그 선배를 자유자재로 다루고 있구나……."

시로쿠사는 반쯤 질린 기색으로 에스프레소의 향기를 맡았다.

"그나저나 카이 군의 페이스가 되어버린 게 불쾌한걸……. 어느 사이엔가 군청 동맹의 하부조직까지 만들어졌고……. 그 거 완전히 우리를 떡밥으로 쓴 거잖아……."

"테츠히코 선배님다운 움직임이라고 할까, 확실히 기분이 좋지는 않네요. 그런 점에서는 대책이 필요하겠어요."

짜증을 내는 시로쿠사와는 반대로 마리아는 차분했다. 느긋하게 크림소다 위에 올린 아이스크림을 수저로 떠서 눈을 빛내며 입안 가득 넣는다.

쿠로하로서는 시로쿠사의 심정이 더 이해가 갔다.

많은 소동이 있었지만 결국 스에하루의 팬클럽은 해산되지 않았다. 해산할 기색조차 없었다. 셋이서 공동 전선을 펼치고 있는데 성과가 하나도 없었다. 시로쿠사가 조바심을 내는 것도 당연한 일이었다.

그러므로 신경 쓰이는 건 마리아 쪽이었다.

"모모는 꽤 여유가 있는 모양인데 뭔가 생각이라도 있어?"

쿠로하가 말을 건네자 체리를 입에 넣은 마리아가 씨앗만 낼름 내밀었다.

"아뇨, 지금은 생각 중이에요. 저번에 시부야에서 스에하루 오빠의 팬클럽 분들과 만나서 친분을 쌓은 게 문제여서요⋯⋯."

"그러게."

모르는 상대라면 스에하루의 주변을 날아다니는 날파리라는 느낌으로 무자비하게 적대시할 수도 있었다.

그러나 이야기를 나눠보니 평범한 여자애들이었고 '스에하루에게 손을 대지는 않았으면 한다'는 마음을 제외하면 비난할 만한 구석이 딱히 없었다.

그렇기에 곤란했다. 막 대할 수는 없었으니까.

시로쿠사는 검은 니하이삭스에 감싸인 기다란 다리를 꼬며 가만히 생각에 잠겼다.

"친분이라는 말을 듣고 떠올랐는데 우리가 팬클럽 애들과 친해진 계기가 카이 군이 데리고 있던 애들과 싸운 뒤였지?"

"⋯⋯!"

"카이 군의 행동을 본 탓에 스짱이 무슨 짓을 해도 '카이 군보다는 나음'이라는 인상이 강해졌어. 그런 탓에 생각보다 불만이 생기지 않았던 면도 있었다고 봐."

쿠로하는 그것만으로도 시로쿠사가 말하려는 것이 이해가 되었다.

"요컨대 테츠히코 군은 이런 결과가 되리라는 것을 내다보고 일부러 시부야에서 마주치게 했다는 거야?"

"맞아, 그렇게 생각하는 게 납득이 되지. 그 뒤의 전개도 그렇고 지금 상황도 그렇고 여러 가지로."

여러 가지, 라는 건 테츠히코의 사고방식을 생각하면 연상이 되었다.

테츠히코는 군청 동맹을 키우려 하고 있었다. 그 이유는 알 수 없지만.

그리고 스에하루를 둘러싼 연애 문제에서도 누구 한 사람에게 가담하려고 하지 않았다. 중립이라고 하면 듣기에는 좋지만 누구와도 아군이 될 가능성과 동시에 적이 될 가능성도 있었다.

그런 테츠히코는 스에하루가 누군가 한 사람과 사귀는 것을 바라지 않을 것이다. 누군가와 사귀게 되면 군청 동맹의 근간이 흔들리리란 건 명백했으니까.

그렇다면 테츠히코에게 있어서 스에하루의 팬클럽이 생긴 건 전혀 손해가 아니었다.

"테츠히코 군에게 있어서 팬클럽이란 하루의 연애 사정을 어지럽게 하여 누군가 한 사람과 사귈 확률을 낮춰주는 요소니까 몰래 도움을 주고 있는 게 아닌가 하는 생각이지?"

"단정할 수는 없지만 있을 법한 이야기가 아닐까?"

쿠로하는 고개를 끄덕일 수밖에 없었다.

어떻게든 테츠히코 군을 같은 편으로 두고 싶은데…… 하고 생각하던 쿠로하의 눈에 여전히 여유작작하게 크림소다를 마시고 있는 마리아가 보였다.

"……!"

잠깐 있어 봐…… 설마…… 아아, 그렇다는 건 그건…….

쿠로하는 마리아를 빤히 바라보며 뇌를 풀회전시켰다.

시선을 깨달은 마리아가 고개를 들었다.

"왜 그러세요, 쿠로하 선배님?"

"모모 말이야, 그 데이트 날에 나와 카치 양의 팬클럽 리더를 이용해서 계획을 짰었지?"

"예, 그게 왜요?"

"그거 실패가 전제였던 거 아니야?"

마리아는—— 표정을 무너트리지 않았다.

"모모의 분한 얼굴은 쿠로하 선배님도 보셨을 텐데요? 꾸민 것 같았나요?"

"모모는 연기를 잘하니까 그쪽 방면도 제외하기는 힘들지만…… 아니, 그렇지. 실패가 전제였던 게 아니라 성공하든 실패하든 어느 쪽이든 상관없다는 정도의 감각이었던 거 아니야?"

"…………."

마리아는 안색이 변하지는 않았지만 반론도 하지 않았다.

"그 점이 걸렸단 말이지. 모모치고는 조금 조잡한 작전이었다 싶어서. 생각해 보면 모모의 계획이 잘 풀리면 팬클럽은 해산하지만 그건 하루가 팬클럽 애들에게 실망하거나 그 반대였기 때문이잖아? 하루로서는 원망하는 마음이 남을 테고 그 창끝은 아마도 오구마 군이나 나바 군에게 향했겠지. 그렇게 되면 그 두 사람은 나와 카치 양의 팬클럽 리더니까 하루가 우리를 원망하지는 않더라도 우리는 그 뒤처리를 할 수밖에 없는 사태도 있을 법하지 않아?"

"훌륭한 상상력이시네요. ……그래서요?"

"지금처럼 실패해도 팬클럽이 남으면 상황은 여전히 혼란스러운 상태야. 우리는 하루와 둘만의 시간을 가지기가 더 어려워졌지. 그건 모모도 그렇겠지만 옆집에 사는 내가 받는 불이익이 가장 커. 요컨대 모모는 상대적으로 마이너스가 적으니 호시탐탐이 기회를 노리면 되는 거지."

"그렇구나."

시로쿠사는 날렵한 턱을 검지로 짚으며 고개를 끄덕였다.

"셋이서 공동 전선을 펼치고 있었지만 실은 모모사카는 협력할 생각이 없었다는 거지? 모두를 피폐하게 만들어서 어부지리를 취할 속셈이었다니…… 한 방 먹었어."

"어머나, 두 분이 그렇게 망상으로 누명을 씌우시면 온화한 모모도 잠자코 있지는 못하겠는데요?"

"누가 온화해! 완전히 하이에나잖아!"

"시로쿠사 선배님, 그 말은 그냥 넘길 수가 없는데요."

쿠로하는 깊은 한숨을 내쉬며 나직이 말했다.

"——그렇게 된 거야, 엣짱. 미안한데 대화에 참여해줄래?"

시로쿠사와 마리아의 눈이 커졌다.

쿠로하는 옆에 두었던 휴대전화를 구태여 정면으로 옮겼다.

『그래, 알았어. 바로 갈게.』

휴대전화에서 스피커 음성이 목소리가 들려왔다. 그걸로 쿠로하가 방금 대화를 토카에게 들려줬다는 것이 확정되었다.

"시다 양, 너——."

"전부터 방침 중 하나로 거론되었잖아. 팬클럽 해산을 목적으로 한다면 리더인 엣짱이 말하는 게 가장 모나지 않는 방법이라고. 그렇게 유도하려고 한 게 지금까지의 행동이었는데 이런 상황까지 와버렸으니 엣짱에게 우리의 마음을 솔직하게 전하고 협력을 부탁하는 편이 낫겠다 싶었어. 내 생각이 틀려?"

"……들리고 말았으니 다시 주워 담을 수도 없겠죠."

마리아가 어깨의 힘을 뺐다.

시로쿠사도 쿠로하의 의견에는 이의를 제시하지 않고 잠시 생각한 뒤에 "알았어." 하고 말했다.

그리 오래 기다리지 않고 토카가 찾아왔다.

"좋은 가게네. 처음으로 와 봤어."

"엣짱, 일부러 와줘서 미안해. 사과하는 의미로 사줄 테니까 마음대로 골라."

"그렇게 신경 안 써도 되는데…… 뭐, 좋아. 그럼 고맙게 차가운 녹차……는 없나. 그럼 아이스 코코아로."

잠시 잡담을 하다가 아이스 코코아가 온 것을 계기로 토카가 이야기를 되돌렸다.

"그래서 팬클럽 말인데…… 시작하기 전에 본심을 말해둘게. 실은 나는 팬클럽이 금방 분열해서 해산하리라고 생각했었어."

"""……?!"""

놀라는 세 사람을 둘러보고 말을 고르기 위해서인지 토카는 아이스 코코아를 천천히 마셨다.

"너희도 이해하리라 생각하는데 마루의 팬클럽에 있는 멤버들이 원하는 건 상당히 제각각이야. 그렇지만 다큐멘터리와 진엔딩의 효과도 있어서 어느 멤버도 열기가 뜨거워져서 조금만틀어져도 문제가 커질 것 같았어. 그래서 내가 팬클럽 리더를 맡으면서 조절해보려고 한 거야. 마루와 직접 이야기를 하거나접촉하면 상상과 현실의 차이를 깨닫고 들뜬 상황이 개선될 거라고 생각했어."

"그렇구나."

쿠로하, 시로쿠사, 마리아는 제각기 고개를 끄덕였다.

"열기가 식고 멤버들끼리 다툼이 일어날 것 같으면 바로 해산할 생각이었어. 분명 그렇게 되리라 예상했으니까. 하지만 달랐어. 지금은 상정한 것 이상으로 안정되어버렸지. 그것도 마루와 카이의 행동이 예상 밖이었던 탓이야."

"엣짱이 예상하지 못했던 부분은 뭐야?"

토카는 등을 똑바로 편 채 빨대를 입에 물었다.

"카이에 관해서는 아까 말이 나왔던 시부야에서의 만남이야. 그 일 때문에 비 온 뒤에 땅이 굳은 것처럼 되었다고 생각해. 시부야에서 집합했을 때는 불씨가 살아 있었는데 모모사카의 책략으로 조금씩 관계가 강화되다가 카이와의 만남으로 마무리가 지어진 인상이야."

"윽──."

마리아가 슬쩍 시선을 피했다.

"하루는 어떤 점이 예상 밖인데?"

"마루는 솔직히 말해서 좀 더 여성 관계가 헤플 거라고 생각했어. 카이와 친구 사이니까. 카이 정도는 아니더라도 여러 여자애에게 손을 대려고 하지 않을까 싶어서 손을 대려고 하기 전에 막아야 한다고만 생각했었지."

"확실히 스에하루 오빠를 '테츠히코 선배님의 친구'로 보면 그렇게 생각해도 이상한 일은 아니네요."

"스짱이 그럴 리가 없잖아. 스짱은 성실한 애야."

토카는 한숨을 내쉬었다.

"카치는 그렇게 말하지만 소문과 평판을 들어보고 마루는 '우유부단한 성격'이라고 생각했어. 그래서 나는 금방 일을 저지르리라고 예상했지. 그렇지만 그러지 않았어. 그러기는커녕 저번에 확인해보니 마루는 팬클럽 여자애의 누구와도 연락처를 직접 교환하지 않았지. 하려고 생각하면 여자애들과 마음대로 놀 수 있음에도 불구하고 마루는 현재로선 누구에게도 손을 대지 않았어. 숙맥인 건지, 성실한 건지, 그 둘 다인지. 이유는 알 수 없지만 상상과는 상당히 달랐어. 덕분에 팬클럽 내부에서 괜한 주도권 다툼도 발발하지 않아서 해산할 계기를 찾지 못한 상태야."

"그럼 부회장, 너는 우리와 목적이 같다는 거야? 팬클럽을 해산할 수 있게 협력해줄 수 있어?"

시로쿠사가 대표로 본론을 꺼냈다.

토카는 이 자리에 있는 멤버를 둘러보고 조용히 고개를 끄덕였다.

"그래. 내 본심으로는 해산시키고 싶어. 너무 이 안건에만 매달리고 있을 수도 없으니까. 그러니 세 사람에게 협력해도 괜찮다고 생각하고 있어."

쿠로하가 눈을 빛냈다.

"엣짱, 고마워!"

"시다, 인사는 해산한 뒤에 해. 나로서도 어떻게 하면 수습할 수 있을지 짐작도 안 되거든. 너희는 뭔가 아이디어라도 있어? 물론 가능하면 원만한 방법이 바람직한데."

"하루의 성격상 슬슬 팬클럽이란 것 자체가 자신과는 안 맞다고 느낄 것 같은데…… 이렇게 좋은 관계를 쌓아서는 말이지……."

쿠로하는 탄식했다.

그 말대로 이미 팬클럽 멤버와의 관계는 우호적인 방향으로 안정되었다. 적대적이라면 얼마든지 방법이 있지만 좋은 관계를 망가트리는 건 상당히 심리적인 허들이 높았다.

"……알았어. 나도 생각해 볼게. 너희도 잘 생각해 봐."

토카의 말에 모두 고개를 끄덕였고 그대로 모임이 해산되었다.

팬클럽이 생긴 것에 의한 소동도 우호적인 관계와 하부조직화 등을 거쳐서 일단은 안정된 것처럼 보였다.

그러나 불씨는 아직 남아 있었다.

*

"엣짱, 잘 가."

나는 세 사람과 헤어진 뒤에 학교로 돌아왔다. 학생회 일이 남아 있었기 때문이다.

그리고 그 일도 끝내자 시각은 오후 여섯 시를 지나려 하고 있었다.

11월이어서 밖은 이미 새까맸다. 오늘은 날씨가 좋아서 별빛이 보였다.

각 교실은 불이 꺼져서 복도로 별빛이 새어들 뿐이었다.

나는 불현듯 2-B 앞에 멈춰 섰다.

우리 반은 2-E. 자신의 학급도 아닌데 그만 멈춰서고 만 건 무의식적인 행동이었다.

한 책상까지 걸음을 옮겼다. 낮 동안 앉아 있었을 이 자리의 주인을 떠올리며 무심히 책상을 손가락으로 매만졌다.

나에게는 검도 선생님에게 배운 무척 좋아하는 말이 있었다.

——'교검지애(交劍知愛)'.

검도를 통해 서로를 이해하고 인간적인 향상을 목적으로 하는 것에 대한 가르침이었다. '애(愛)'는 애정이라기보다는 '소중히 여기다' 같은 의미로, 아끼며 손에서 놓치지 않는 것을 뜻한다. 그러므로 이 말을 요약하자면 '저 사람과 한 번 더 대련과 시합을 해보고 싶어하는 마음이 드는 것'이 된다. 그리고 그런 마음이 들게 대련과 시합에 임하라는 것을 가르치고 있었다.

이 말도 있어서 나는 '사랑'을 '절차탁마하고 서로를 이해함으로써 가지는, 평생 변하지 않는 상대방을 향한 연모와 존경의 마음'이라는 이미지로 마음에 품어 왔다.

그래서 텔레비전 방송이나 영화 등에서 보이는 연애에는 저항감이 있는 내용이 많았다. 어릴 적부터 품는 한결같은 사랑은 이해도 되고 응원도 하지만 '우연히 만나서' '학교의 인기인이라서' 같은 이유로 사랑에 빠지는 것에는 의문이 느껴졌다. 그리고 한 남자에게 빠져 있던 소녀가 도중에 다른 남성을 좋아하게 되어버리는 것도 자신의 성격과는 맞지 않았다.

──그러므로 이건…… '시시한 사랑'이었다.

그렇잖아?
이런 마음은 누구나가 품었다가 금방 잊고 자신도 모르는 사이에 버리고 마는 유행 같은 것이니까.

한때 아역으로 이름을 날리던 남자애가 있었다. 나는 팬이라고 할 수 있는 수준은 아니었지만 작품을 몇 편인가 보고 연애 감정이라고 할 정도는 아닌…… 평범한 호의를 가지고 있었다. 그러나 그 남자애는 어느 사이엔가 텔레비전 방송에서 사라졌고 나는 그 애를 잊고 있었다.

　다시 떠오른 건 그 애가 학교 축제에서 요란한 행동을 벌였기 때문이었다. 그때까지는 같은 학교에 그 남자애가 있는 것조차 깨닫지 못하고 있었다.

　그리고 그로부터 남자애는 또다시 몇 편의 영상에 나오며 지명도를 올렸다. 그 영상들을 보고 역시 이 남자애는 연기의 세계에 있는 다른 차원의 사람이라는 것을 새삼 느꼈다.

　그럴 때 다큐멘터리를 보았다. 남자애가 텔레비전 방송에서 사라진 진상이었다.

　남자애는 불행한 사고로 인해 깊은 슬픔에 사로잡혀 있었다. 빛나는 재능은 눈부시기에 더욱 커다란 그림자가 되어서 남자애의 마음속 깊은 곳까지 좀먹었다. 그러나 남자애는 혼란에 빠지면서도 어긋나지 않고 다시 일어섰다.

　감동했다. 그 남자애가 근사하게 보이기 시작했다. 가까이에 있다고 생각하니 가슴이 두근거리게 되었다.

　──정말로 시시했다.

　너무나도 경박한 마음이었다.

　한 마디 대화도 나눠본 적이 없는 화면 너머의 남자애에게 '슬픔을 극복한 모습을 봐서' '가까운 곳에 있어서'……그 정도의 이유로 불이 붙어버리는 감정은 평생을 품어 온 마음에 비하면 너무나도 하찮았다.

감기 같은 것이었다. 갑자기 오른 열이고 얌전히 있으면 금방 내려간다. 그 정도의 마음이었다.

그런데도 열이 오르고 있는 동안은── 아무리 참아봐도 가까이 다가가고 싶어졌다.

그래서 나는 '빨리 실망하자'고 생각했다.

'토카, 쬐끔 신경 쓰이는 안건이 있는데…… 괜찮으면 개입해주지 않을래? 실은 최근에 마루 스에하루 군이라는 애의 팬들끼리 다툼이 있어서 말이야──.'

친구이기도 한 학생회장의 부탁을 받은 건 그런 개인적인 감정에서였다.

상대는 화면 너머로밖에 본 적이 없는 남자애다. 그렇다면 반드시 현실과 상상의 격차가 있을 터. 평판으로 보아 상당히 귀가 얇아 보였다. 그렇다면 금방 실망할 수 있을 것이다. 진지하고 고지식한 나와 그 애는 절대로 맞지 않는다. 그렇다면 괜찮다. 일찌감치 현실을 깨닫고 좀 더 다른 일에 머리를 쓰는 편이 낫다.

그런데──.

'하지만 가장 대단한 건 그런 대단한 사람이 가까이에 있어서 좌절했으면서도 재기해서 노력하는 부분이라고 생각해.'

나는 더욱 강하게 끌리고 말았다.

……다들 나를 착실하고 좋은 사람이라며 칭찬한다.

그러나 나도 투정을 부리고 싶을 때가 있었다. 모든 게 아무래도 좋아질 때가 있었다.

그런 마음을 자제하며 노력해왔다.

노력했기에 '착실하고 좋은 사람인 에스카와 토카'가 될 수 있었다.

하지만 그 노력을 누구도 칭찬해주지 않는다. 깨달아주지도 않는다.

그래서…… 곤란했다.

노력을 칭찬받는 게 이다지도 기쁘고 마음이 떨리는 일이라는 것을 알지 못했다──.

정말로 시시했다.

사람들이 알아주지 않았던 부분을 칭찬받아서 더 반하고 말다니 보통 흔해 빠진 게 아니었다. 너무 흔해 빠져서 시시했다.

그렇게 시시하다고 생각해야만 했다.

그도 그럴 게 중립적인 면을 기대받아서 팬클럽 리더가 된 것이다. 그러므로 이 마음은 누구에게도 이득이 되지 않는다.

하지만──.

'응. 에스카와의 오빠는 장난 아니지. 하지만 에스카와도 엄청 착실한 데다가 모두를 생각하고 행동하니까 사람이 너무 좋아서 놀랄 정도라고.'

내가 생각했던 것보다도 훨씬 싹싹하고 다정했고──.

'내가 대단치 않은 사람이라는 건 스스로 가장 잘 안다니까.'

내가 생각했던 것보다도 훨씬 겸허했고──.

성실하지 않을 줄 알았더니 여자애들에게 손을 대지 않았고, 적당적당한 태도는 대범함이라고 바꿔 말할 수도 있었다. 나쁘다고 생각했던 상성도 딱히 그렇지는 않았고 오히려 금방 사이가 좋아지고 말았다.

시시한 사랑인데도 나는——.

상정하지 않은 감정에 마음이 계속 흔들렸다.

그러나 나는 고백할 생각이 조금도 없었다. 승부의 무대 위에
오르지도 못했기 때문이다.

'하루!'

'스짱!'

'스에하루 오빠!'

그 애의 주위에 있는 여자애들은 나는 범접하지 못할 정도로
아름답고, 현명하고, 매력적인 애들뿐이었다. 게다가 세 사람
모두 어릴 적에 운명적으로 만나서 그 이후로 한결같이 마음에
품어 오고 있었다.

나에게 있어서 '사랑'이란 '절차탁마하고 서로를 이해함으
로써 가지는, 평생 변하지 않는 상대방을 향한 연모와 존경의 마
음'이었다. 그 세 사람은 내 이상을 말 그대로 체현하고 있었다.

무엇보다도 세 사람은 리스크를 진 채 남자애에게 호의를 전
하려 하고 있었다.

호의를 전하는 건 무섭다. 두렵다. 그런데 그 애들은 망설임
없이 나아갔다.

그렇다면 나는 어떨까?

시시한 사랑. 운명적이지도 않고 한결같다고 할 수 있을 역사

도 없으며 리스크를 지고 호의를 전하려고도 하지 않는다. 이래서는 비교하는 것 자체가 그 애들에게 실례가 된다.

나는 이 마음이 사라질 때까지 누구에게도 말하지 않을 생각이었다. 말해도 누구에게도 이익이 되지 않는 마음이었으니까.

그때 교실의 불이 켜졌다.

"어라, 에스카와?"

"──!"

나는 놀라서 바로 물러섰다.

이래 봬도 나는 냉정 침착함이 장점이었는데 지금은 머릿속이 크게 혼란스러워져 있었다.

내가 있는 곳은 마루의 책상 앞. 그러므로 마루가 이곳에 오는 것 자체는 있을 수 없는 일은 아니었지만…… 이 자리에 서 있는 모습을 보고 여러 가지로 눈치를 채지는 않을까…….

그렇게 생각하니 평정심을 유지할 수가 없었다.

"어, 어, 어째서 마루가……?!"

"그게, 조지 선배가 애니부에 데리고 가줘서 추천하는 애니를 봤었는데 재미있다고 하니까 원작 라이트노벨을 빌려줬거든. 근데 가방에 다 안 들어가더라고. 그러다가 사물함에 편의점 봉지를 방치했던 게 떠올라서 돌아온 거야."

그 말대로 마루가 어깨에 멘 가방에서는 라이트노벨이 삐져나와 있었다.

"에스카와는 왜 내 자리에 있는 거야?"

"아…… 여, 여기 네 자리였구나?! 복도에서 보니까 뭔가 더

럽혀져 있는 것처럼 보이길래 신경 쓰여서 와 봤어."

"어? 정말로?"

"그, 그게, 자세히 보니 더럽혀져 있지는 않더라고!"

"그럼 다행이네. 그나저나 엄청 우연인걸. 내가 이런 시간에 교실에 있는 것도 드문데 에스카와가 내 자리에 있다니."

"그, 그그그, 그렇네."

얼굴이 뜨거웠다. 이런 경험은 지금까지 없었다.

이상했다. 한때는 그 정도로 검도에 열중해서 정신 컨트롤에는 자신이 있었는데──한심할 정도로 횡설수설하고 있었다.

마루는 다양한 물건이 든 자신의 사물함을 뒤져서 편의점 봉지를 발굴하더니 가방에서 라이트노벨을 꺼내 그 안에 담았다.

"……에스카와 말이야, 뭔가 평소와는 다르네."

"뭐? 나, 나는 평소대로인데?!"

마루는 내 얼굴을 가만히 바라보았다.

서로 응시하는 건 검도에서는 일상다반사였는데 내 고동은 너무나도 간단히 크게 뛰고 말았다.

"아니, 역시 다르다니까."

"아, 안 그래!"

"그, 그렇게까지 말한다면 우길 생각은 없는데……."

내 기세에 눌린 마루는 간단히 물러났다.

"에스카와도 지금 돌아가는 길이지?"

"그, 그런데 그게 왜?"

"어둡기도 하고 역까지는 같은 방향이니까 바래다줄게. 싫어?"

그런 말을 듣고—— 거절할 수 있을 리가 없었다.

"아, 알았어. 역까지 함께 가자."

"그래."

그렇게 어깨를 나란히 하고 학교를 뒤로했다.

……안 되겠다. 가슴이 들떴다.

나는 평소와는 다른 자신을 자각하고 있었다.

나무들이, 도로가, 가로등의 불빛이 어째서인지 눈부시게 보였다.

'에스카와 토카 이 바보 같은 녀석! 이런 시시한 사랑에 뭘 평정심을 잃고 있는 거야——.'

그런 식으로 자신을 질책하며 어떻게든 냉정함을 유지하는 게 고작이었다.

"실은 에스카와에게 상담할 일이 있었어."

"나에게?"

"응."

'상담'이라는 한 마디에 유지하려고 노력하던 냉정함이 한순간에 날아갔다. 열심히 무표정을 가장했지만 기뻐서 뺨이 가늘게 씰룩이고 있었다.

"왜 나에게? 시다나 다른 애들에게는 말 못 할 일이야?"

기쁜데도 공정함을 어필해야 한다는 생각에 피하고 싶은 이름을 구태여 꺼내고 말았다.

"응, 에스카와가 적임인 일이라서."

"팬클럽 일이야?"

"맞아, 그거야."

나는 집중하며 고개를 끄덕였다.

"알았어. 무슨 내용인데?"

"팬클럽을…… 원만하게 해산시킬 수 없을까 해서."

"……?!"

나는 너무 놀란 나머지 굳어버리고 말았다.

시다를 비롯한 다른 애들이 해산시키고 싶어 하는 건 당연하다고 생각하지만 설마 마루가 말을 꺼낼 줄은 몰랐다.

"어, 어째서?"

"먼저 말해두겠는데 에스카와가 나쁘다거나 팬클럽 애들이 싫다거나 하는 건 아니야. 그저 뭐라고 할까, 역시 나에게 팬클럽은 성격에 맞지 않는다 싶어서."

등줄기에 오한이 내달렸다.

'하루의 성격상 슬슬 팬클럽이란 것 자체가 자신과는 안 맞다고 느낄 것 같은데…… 이렇게 좋은 관계를 쌓아서는 말이지…….'

한 시간 정도 전에 시다가 했던 말이다.

완벽하게 내다보았다…… 소꿉친구로서 쌓아온 시간에서 비롯된 것인지…… 아니면 시다의 능력이 뛰어나서인지…….

어느 쪽이 되었든 나는 시다에게 압도되어 있었다.

"팬클럽이 생긴 뒤로 요새 너무 들떠 있었거든. 최근에 차분히 돌이켜 보니까 반성할 일이 많은 것 같아서."

"반성하는 건 좋아. 너무 들떠 있던 건 사실이니까."

"윽, 에스카와도 역시 그렇게 생각했어?"

"당연하지. 그래도 '팬클럽' 같은 게 생기면 정도의 차이는 있어도 들떠 버리는 건 사람으로서 자연스러운 일이라고 생각해."

"뭐, 그런 이유로 좀 더 성실하게 행동해야겠다고 생각했어."

"성실? 딱히 팬클럽 애들에게 손을 댄 것도 아니잖아."

"그래도 역시 팬클럽 애들을 보고 헤실거리면 기분이 좋지는 않을 것 같으니까──쿠로와 시로, 모모는."

"…………."

가슴이 욱신거렸다.

내가 대답할 말을 찾지 못하는 사이에 마루가 이어서 말했다.

"나는 바보고 자신감이 없어서 여자애의 마음이나 호의를 잘 이해하지 못하지만 적어도 쿠로는 제대로 자신의 마음을 전해 줬고, 시로와 모모도 호감이 있다는 건 직접적으로 보여줬어. 나도 세 사람에게 팬클럽이 생길지도 모른다는 이야기가 나왔을 때 조금 탐탁지 않았거든. 그걸 생각하면 세 사람도 나에게 팬클럽이 있는 게 탐탁지 않겠다 싶었어. 그러니까 해산하고 싶어. 물론 팬클럽 애들이 싫은 건 아니니까 되도록 원만하게, 복도에서 만나도 친구 같은 감각으로 이야기를 나눌 수 있게 되는 게 가장 좋은데……."

그렇구나, 마루는 둔하다기보다 남자로서 자신감이 없는 거다.

자신에게 유리하게 흘러가는 건 일단 제쳐놓는 타입이겠지. 뭐, 그게 결과적으로 둔함으로 이어진다면 그뿐이지만 호의를 보여도 전혀 깨닫지 못하거나 방치할 정도로 둔하지는 않았다.

그렇다고는 해도 내 호의를 깨달을 정도로 예리하지도 않지만
———.

나는 멈춰 서서 큰 한숨을 내쉬었다.

"정말이지 네 입에서 '해산'이라는 단어가 나올 줄은 몰라서 놀랐어."

"그, 그래?"

"그래. 그리고 나에게 상담한 것도 납득이 돼. 내가 팬클럽을 해산시키면 일단은 그걸로 끝나니까."

"거기에 가능하면 쿠로, 시로, 모모 세 사람에게는 말하지 않고 정리하고 싶어서. 세 사람에게 기대지 않고 해결해서 그 애들에게 조금이라도 성의를 보이고 싶다고 할까."

"그걸 성의라고 할 수 있을지는 미묘한데……."

"여, 역시 그런가?"

"그래도 네 생각은 이해해."

역시 시다, 카치, 모모사카 세 사람은 마루의 안에서는 특별한 위치에 있었다. 그건 의심할 여지가 없다.

그리고 그 안에 지금부터 들어가려고 할 정도의 배짱과 근성이 나에게 없는 것도 사실이었다.

기분 좋게 고조되는 고동과 마음 편한 대화.

배짱도 없는 나는 그걸로 만족할 수밖에 없다고 자각해야겠지.

하늘을 우러러본다. 별이 하늘에 가득했다.

나는 그런 하늘 저편으로 아련한 연심을 날려 보내며 눈을 감았다.

"──알았어. 협력할게."

눈을 떴을 때는 결단을 내리고 있었다.

"친구로서 말이야."

친구로서 이 애를 대하기로.

……아마도 천 년 이상 전부터 '남녀 사이에 우정은 성립하는 가' 라는 문제가 있었을 것이다. 그리고 그 답은 현재까지 나오지 않았다.

내 생각으로는 '사람에 따라 답이 다르다' 이다. 남녀의 우정이 성립하는 패턴도 있고, 성립하지 않는 패턴도 있다.

그럼 내 경우에는 어떨까. 지금까지는 답을 정하지 않았었지만 구태여 지금 정하려고 생각한다.

'남녀 사이에 우정은 성립한다' ──라고.

여자친구에 입후보하지도 못하는 나에게는 그게 가장 좋은 결론이었으니까.

"정말로?! 고마워!"

마루가 천진난만하게 웃어 보였다.

그것만으로도 가둬둔 마음이 날뛰었다.

하지만 스스로 정한 일이다. 그 마음의 문을 닫으며 나는 허세를 부렸다.

"그래도 나에게 부탁하는 건── 비싼 값을 치러야 할 텐데?"

"친구로서 협력해주겠다면서 돈을 받는 거냐고!"

"돈을 받겠다고는 안 했잖아. 그리고 친구에게도 성의는 필요해."

"으엑…… 구체적으로는?"

"생각해 둘게. 안심해. 무리한 요구는 안 할 테니까."

"뭐, 에스카와라면 문제없을 테니까 상관없나."

시다, 카치, 모모사카는 쿠로, 시로, 모모.

하지만 나는 에스카와.

세 사람과 비교해서 역시 마루와의 거리는 멀었다.

나는 어깨를 으쓱이며 생각을 돌렸다.

"그래서 구체적인 해산 수순 말인데…… 계획이 좀 있어야 할 것 같아. 팬클럽 해산을 내일 당장 선언해도 되지만 아무런 계획도 없이 말하면 불만의 목소리가 나올 거야. 예를 들어 내가 바빠서 리더의 자리에서 내려온다고 해도 지금 정도로 안정되어 있다면 다른 애를 리더로 세워서 존속할 가능성이 있어. 해산해도 납득하지 못하고 폭주해서 마루에게 접근하는 애가 나올지도 모르고."

"아, 그렇지……."

"내가 총알받이가 되어도 상관은 없어. '간과할 수 없는 행동이 많으니 리더의 자리에서 내려오겠어!' '팬클럽의 존속은 인정 못 해!' '마루와는 거리를 둬!' 하고 고압적으로 말하면 그래도 어느 정도는 얌전하게 굴겠지."

"아니, 그건 안 되지! 왜 신세를 진 에스카와가 욕을 들어야 하는데! 만약 욕을 듣는다면 내가 들을 거야! 그 부분은 확실하게 하자!"

정말이지 우유부단하면서도 이럴 때만 남자다운 얼굴을 해서…… 곤란했다.

"알았어. 그럼 방금 방법은 최종 수단으로 하자. 만약 좋은 방법이 있다면 말해줘."

"으, 으음…… 좋은 방법이라…… 어렵네……."

시다를 비롯한 다른 애들도 좋은 방법을 떠올리지는 못했다. 지금 이 자리에서 생각해내는 건 힘들겠지.

"뭐, 빠른 편이 좋을지도 모르지만 기한이 정해진 이야기도 아니니까. 잠시 생각해 보자."

"그러게. 알았어. 나도 생각해 볼게."

끝내자.

시시한 사랑은, 어리석은 짝사랑은, 이 협력 관계가 끝나면서 사라진다.

나아가는 것도 각오가 필요하다. 포기하는 것도 각오가 필요하다.

나아갈 자신이 없으니 다른 한쪽을 선택할 뿐이다.

하지만──.

"에스카와, 그럼 잘 가."

"그래."

역에 도착해서 헤어지게 되었을 때. 마루는 손을 흔들고 몸을 돌린 다음 순간에는 학교용과는 다른, 아마도 가정용의 표정이 되어 있었다.

그 표정의 변모에 나는 어째서인지 분한 마음이 치밀어올랐다.

'나에게는 보여준 적이 없는 표정. 분명 시다에게는 저런 얼

굴을———.'

그런 생각을 시작한 자기 자신을 깨닫고 고개를 내저었다.

포기할 각오를 했다.

하지만———.

각오를 해도 완수할 수 있을지는 자신도 모르는 일이었다.

*

나는 에스카와에게 상담한 뒤로 계속 팬클럽을 원만하게 해산할 '좋은 방법'을 생각하고 있었다.

가능하면 누구도 불쾌한 기분이 들지 않았으면 했다.

대미지를 받는다면 나 하나로 족했다.

그런 난제를 해결할 방법이 있을까……?

나는 침대에 엎드려서 휴대전화의 주소록을 바라보고 있었다.

내 머리로는 좋은 방법은 실마리조차 찾지 못할 것 같았다. 그렇다면 자존심을 버리고 방법을 떠올려 줄 만한 사람에게 상담하는 게 좋지 않을까.

단 쿠로하, 시로쿠사, 마리아는 제외였다. 그 세 사람에게 기대지 않고 해결하고 싶었다.

테츠히코는…… 상담역으로서는 괜찮지만 그 녀석은 문제가 해결되어도 다른 문제가 발생할 듯한 어긋난 방법을 알려준단 말이지. 그 녀석에게 상담하는 건 최종 수단으로 하자.

에리 씨는…… 대화하기도 편하고 실은 상당히 고생을 많이 한 사람이어서 남모르게 수라장을 겪어왔을 것 같은 부분이 든든했다. 마리아의 언니라는 입장이라서 마리아가 팬클럽과 어떠한 관계를 유지해왔는지를 보았을 가능성도 있다. 다만 느닷없이 상담을 하는 건 민폐가 될 것 같다는 미안함이 있었다.

소이치로 아저씨는…… 좀처럼 보기 힘든 성인군자시지만 가까운 사이라고는 해도 대기업의 사장님을 이런 이야기에 끌어들이는 건 꺼려졌다.

레나는…… 말할 것도 없지! 그 녀석은 분명 내가 상담한 것을 빌미로 끈덕지게 바보 취급할 게 분명하니까! 후배인 주제에!

어려운걸—— 하고 머리를 쥐어짜고 있던 나는 한 이름을 발견했다.

맞다. '남모르게 가장 의지하는 인물'의 존재를 나도 모르게 잊고 있었다.

나는 생각난 김에 바로 그 인물에게 전화를 걸었다.

그러자 전화가 금방 연결되었다.

『와장창…… 덜그럭덜그럭…… 우당탕탕!』

수화기에서 요란한 소리가 들려왔다.

대체 뭐지……?

나는 머뭇머뭇 물어보았다.

"여, 여보세요……? 아카네, 괜찮아?"

『괘, 괜찮아, 하루 오빠! 이, 이런 시간에 무무, 무슨 일이야?!』

"아니, 아카네의 지혜를 빌리고 싶은 일이 좀 있어서. 지금 통화할 수 있어?"

『……! 잠시만 기다려, 하루 오빠.』

아카네는 휴대전화를 놓고선 뭔가를 하기 시작했다.

끼익끼익, 하는 소리가 난다. 이건 매직펜 소리인가…… 글을 쓰고 있나……? 복도로 나가서…… 셀로판테이프를 자르는 소리……라는 건 종이에 써서 붙인 건가? 돌아와서는 열쇠를 잠그고…… 다시 전화를 받았다.

『하루 오빠, 기다렸지. 이제 괜찮아.』

"아카네, 뭔가 써서 붙인 거야?"

『어, 어떻게 알았어?!』

"소리 듣고."

『그렇구나…… 생각보다 잘 들리나 보네…… 한 가지 배웠어.』

아카네는 어디까지나 진지했다.

『그래서 하루 오빠. 이제 준비는 완벽하니까 얼마든지 들을 수 있어. 내가 반드시 좋은 지혜를 내놓을 테니까 사양 말고 얘기해줘.』

이렇게 아카네는 서툰 성격이어서 때때로 행동의 방향성과 결과가 어긋날 뿐이지 마음씨는 대단히 고왔다. 타인을 위해 넘치는 재능을 아낌없이 행사해주는 상냥한 여자애였다.

"그럼 조금 길지만 들어줘."

나는 팬클럽이 생겼을 때부터의 일을 설명했다.

그리고 시종일관 진지하게 들어주던 아카네는 내 기대에 응하는 것처럼 모든 것을 해결할 계책을 가르쳐주었다.

제4장 아카네의 계책

*

아카네는 조건을 제시하면 어떠한 문제라도 완벽하게 조건을 충족하는 해결책을 알려줬다. 그리고 무리라면 무리인 대로 '무리' 라는 결론을 분명하게 말해주었다.

이런 자세가 아카네의 특이성을 보여주고 있었다. 간단한 문제라면 누구라도 완벽한 해결책을 내놓지만 현실은 대단히 복잡하고 난해했다. 이렇게 하면 최선이라는 해결책은 의외로 없는 법이어서 조건을 살짝 바꾸거나 다른 결론을 내리는 게 일반적이라고 생각한다.

예를 들어 쿠로하는 조건을 충족시킨 결론에 이르는 게 어려울 것 같으면 결론을 좀 더 현실적인 것으로 바꾸려고 한다. 쿠로하가 제시한 '소꿉여친' 이 바로 그런 사례일 것이다.

하지만 아카네는 그러지 않았다. 조건과 결론을 조금도 바꾸지 않고 때로는 '중간 단계를 건너뛴다' 는 대담한 방법까지 써가며 결론을 내리려고 한다. 이건 수학을 잘하는 사람에게서 흔하게 보이는, 문제를 보고 중간 공식을 생략한 채 해답을 내놓는 상황과 닮아있었다.

흔한 패턴으로는 시부야에서 살고 싶다는 결론이 있고 조건을

도보 5분, 1.5룸, 예산 ○○엔 등으로 해도 실제로는 모든 것을 만족시키는 건 무리였다.

　그렇게 되면 보통은 조건 중 하나를 양보한다. 도보 15분까지로 하거나, 예산을 올리거나, 타협한다.

　하지만 아카네는 달랐다. 아마도 아카네라면 무시무시한 기세로 다양한 정보를 조사해서 모든 조건을 만족하는 집을 찾을 것이다.

　그런 집은 없을 텐데 이상한걸…… 하는 생각에 확인을 해보고 납득한다.

　——귀신 나오는 집.

　이건 아카네에게 악의가 있어서 그런 게 아니다.

　아카네는 어디까지나 성실하게 전력으로 찾은 결과로써 완벽한 해결책을 마련해준 것이다. 귀신 나오는 집은 싫다는 조건을 붙이지 않은 쪽의 실수다.

　나는 어떠한 방법으로든 제대로 해답을 내놓는 아카네의 방식을 좋아했다. 그 방법대로 할지 안 할지는 차치해도 하나의 수단으로써 선택지가 늘어난다는 건 틀림없었다. 거기에 문제가 정리되어서 해야 할 일이 명확해진다.

　그래서 아카네는 나에게 있어서 '남모르게 가장 의지하는 인물'이었다.

　그리고 그런 아카네에게 내가 제시한 조건은 이하와 같았다.

'멤버 여자애들이 되도록 상처받지 않는 형태로 팬클럽을 원만하게 해산.'

'쿠로하, 시로쿠사, 마리아에게 의지하지 않는 해결.'

'그걸 위해서라면 나는 기본적으론 무슨 일이든 개의치 않는다.'

나는 전화로 그런 조건을 전했다. 설명을 끝내도 아카네는 잠시 생각에 잠겨 있었다.

그러나 천천히 크게 숨을 들이마시며.

『——딱 한 가지 방법이 있어.』

하고 말했다.

『하루 오빠의 팬클럽 사람들이 하루 오빠에게 접근하려고 하는 건 하루 오빠에게 빈틈이 있기 때문이야.』

"빈틈?"

『응, 빈틈. 예를 들어 여자친구가 있으면 물러나려는 사람도 나오겠지. 물론 여자친구가 아니더라도 누군가 진심으로 좋아하는 사람이 있다는 것만으로도 괜찮아. 팬클럽이 있는 것만으로도 하루 오빠에게 폐가 된다는 상황이 되면 자연스럽게 해산할 길이 보일 거야.』

"그렇구나."

아카네가 예언자처럼 말했다. 지금 어떠한 눈을 하고 있을지는 쉽게 상상이 되었다.

『거기서 내가 제시하는 방법은 하루 오빠가 사람들 앞에서 키스를 한다야. 이게 좋다고 생각해.』

"키, 키스?!"

역시 아카네답다……. 결론에 다다르기 위해서라면 수단을 가리지 않는 경향이 있는데 여기서 또 터무니없는 방법을 꺼냈다…….

『응. 고백은 안 돼. 고백제 때 쿠로 언니의 이미지가 강해서 효과가 흐려지리라고 봐. 여기서는 키스가 좋아.』

"윽…… 하지만 그러면 돌이킬 수 없게 될 것 같은데……."

만약 쿠로하에게 그러면 '커플 성립'이다. 농담이나 변명이 통할 수준의 행동이 아니었다.

물론 다른 애에게 해도 비슷한 수준의 무게감이었다. 그게 첫 키스라면 평생 갈 일이다.

키스는 그 정도로 【극약】이라고 할 수 있을 것이다.

『하루 오빠, 키스 상대는 누구라도 상관없어. 딱히 정말로 하루 오빠가 좋아하는 상대가 아니더라도 이 방법은 성립돼.』

"아…… 그렇구나……."

아카네의 방법은 내가 좋아하는 애가 있다는 것을 보여줌으로써 팬클럽이 물러나게 하는 것이었다.

그래서 딱히 진심으로 좋아하는 애가 아니더라도 있는 것처럼 착각하게만 만들어도 충분했다. 그렇다면 오히려 가까운 애보다 적당히 거리감이 있는 상대 쪽이 들킬 일이 적어서 유효할지도 모른다.

하지만 말이지…… 키스라……. 엄청나게 난이도가 높은데…….

『포인트는 하루 오빠의 본심이 이렇다고 모두가 확실하게 믿을 것. 실은 이게 가장 어려워.』

『……그러게.』

키스는 무시무시한 효력이 있다고는 해도 신빙성이 너무 낮으면 하는 의미가 없었다. 나와 레나가 키스를 해도 레나가 심부름센터 같은 일을 하는 것을 아는 사람이 본다면.

──마루는 키스를 하려고 돈을 얼마나 낸 거지……?

이런 생각을 하겠지. 뭐, 레나는 야한 짓은 금지니까 얼마를 내더라도 키스를 수락할 것 같지는 않지만.

『예를 들어 군청 동맹에서 뭔가 승부를 겨뤄서 졌을 때 자신의 비밀을 폭로한다는 조건을 걸면 어때? 거기서 일부러 져서 하루 오빠가 좋아하는 사람에게 키스를 하는 거야.』

"……그렇구나. 느닷없이 키스를 하는 것보다 승부에서 졌기 때문에 어쩔 수 없이 키스를 했다는 쪽이 신빙성은 높지."

좋아하는 상대를 숨기고 있었다는 형식이 중요하겠지.

내가 고개를 주억거리고 있으니 아카네가 나직이 말했다.

『그래서 말인데, 하루 오빠.』

"응?"

아카네는 그렇게 운을 떼며 생각지도 못한 말을 꺼냈다.

『그런 뒤에 모두를 납득시킬 '마법의 말' 이 있어──.』

한순간 세상에서 다른 소리가 사라진 것처럼 느껴질 정도로

서슬 퍼런 말이었다.

아카네는 그다지 추상적인 말을 쓰는 편이 아니었다.

그런 만큼 흥미가 생겼다.

"——마법의 말?"

『응.』

"……말해줘."

아카네가 입에 담은 말은 지극히 단순한 내용이었다.

그렇지만—— 납득이 되는 유효한 방법이었다.

가짜 여자친구를 준비해도 문제는 그 뒤의 추궁이었다. 모두의 추궁을 들키지 않고 넘기는 쪽이 더 어렵다.

하지만 아카네의 '마법의 말'이 있다면…… 가능했다.

나는 다음 단계의 이야기로 넘어갔다.

"그렇다면 말이야, 군청 동맹의 승부는 최대한 치열한 쪽이 좋겠지?"

『응, 일부러 진 것처럼 보이면 신빙성이 내려가. 하지만 그 부분은 걱정 안 해.』

"왜?"

『왜냐하면 하루 오빠는 누군가를 위해서라면 대단한 연기를 할 수 있다고 들었으니까. 이건 쿠로 언니와 다른 두 사람을 위해서 하는 거잖아? 그러니까 그 부분은 괜찮으리라고 확신해.』

나는 놀라서 눈을 깜빡였다.

아카네는 서툰 성격이지만 본질을 꿰뚫어 보는 눈을 가지고 있었다.

역시 내가 남모르게 의지하는 비장의 여동생이었다.

"당연하지. 맡겨줘. 근데 그렇다면 누구와 키스를 하느냐 가……."

아카네가 많은 조언을 해줬다. 남은 큰 문제는 이거였다.

"키스…… 키스라……. 애초에 나도 키스에 저항이 있지 만…… 상대가 더 문제란 말이지……. 쿠로, 시로, 모모는 의지 하고 싶지 않으니까 제외한다 치고 그밖에 크게 문제가 되지 않 을 법한 건…… 으음, 그런 애는 없는데…… 애초에 이유를 설 명해서 수락해줄 애가…… 그냥 이판사판으로 레나에게 돈을 주고 교섭해볼까……."

『──하, 하루 오빠!』

"깜짝이야?! 왜 그래, 아카네?!"

느닷없이 큰 목소리를 내서 깜짝 놀랐다.

『하루 오빠가 곤란하다면 내, 내, 내……가…….』

큰 목소리로 말한다 싶더니 이번에는 작은 목소리가 되어서 마지막 부분에서는 거의 들리지 않았다.

그래서 나는 되물었다.

"응? 내내내?"

『하루 오빠 미워.』

"왜?!"

어째서인지 바로 미움받았다만?! 가슴이 철렁했다고!

"자, 잠깐만, 아카네. 차분히 말하자. 조금 전에 했던 말 다시 한번 큰 목소리로 말해줄래?"

『……알았어. 나도 잘못했으니까. 그건 인정할게. 그럼 좀 더 단도직입적으로 말할게.』

마지못해서라는 느낌이 수화기 너머로 전해졌지만 일단은 납득해준 모양이었다.

아카네는 헛기침을 한 번 하고 다시 말했다.

『──하루 오빠, 나에게 키스해.』

"…………."
『…………』
"…………."
『…………헉.』

아카네가 숨을 삼키는 소리가 들려왔다.

『아, 아니, 그게! 그런 의미가 아니라!』

"알고 있어."

나와 아카네는 어릴 적부터 알고 지내왔다. 아카네의 말실수는 금방 깨달았지만 너무나도 직접적인 말에 어떻게 정정해주면 좋을지 고민했을 정도였다.

"너 또 결론부터 먼저 말해버린 거지? 내가 '그런 애는 없는데' 하고 말해서 나서준 거잖아."

아카네의 서툰 성격을 아는 나에겐 말실수와 이 반응은 예상 범위 내였다. 그래서 냉정하게 말할 수 있었다.

『……알고 있다면 됐어.』

말실수를 해서 자존심에 상처를 입었는지 아카네는 언짢아 보였다. 말투에서 토라진 기색이 역력했다.

『그래도 하루 오빠는 미워.』

"왜?!"

의지하고 있는 여동생 같은 애한테 밉다는 소리를 들으면 가슴이 아프다고!

"아무튼 아카네, 진정하고 들어줘."

『뭘?』

단 한 마디인데도 무서울 정도로 차가운 울림이 담겨있었다.

나는 신중하게 대답했다.

"아카네가 나서주는 건 기뻐."

『하루 오빠…….』

역시 기쁜 마음은 솔직하게 표현하는 게 좋구나. 아카네의 어조가 갑자기 부드러워졌다.

『그럼 나, 나와…… 키, 키스……할래?』

"아니, 그건 범죄니까."

『하루 오빠 진짜 미워.』

"아니──."

미워에서 진짜 미워로 파워업했다만?!

이대로 전화가 끊어질 것 같다는 생각에 나는 빠르게 말했다.

"내, 내 말 좀 들어 봐! 아카네가 키스를 해도 괜찮다고 말해준 건 전부 나를 위해서잖아."

『………….』

"나는 무엇보다도 그 배려가 정말로 기뻤어."

『하루 오빠…….』

좋아, 아카네의 화가 누그러든 모양이다.

여기서는 오빠답게 포용력을 의식하며 말하자.

"언제나 합리적인 아카네는 키스 같은 건 대단한 일이 아니라고 생각할지도 몰라. 하지만 내 개인적인 사정으로 아카네의 첫 키스를 빼앗는 건 너무 미안하니까. 그러니 그 선택은 할 수 없어. 아카네의 키스는 정말로 좋아하는 사람과 할 때까지 간직해 줬으면 해."

『………….』

"그리고 이렇게 말하는 사이에 적임자가 한 사람 떠올랐거든."

『적임자? 그게 누군데……?』

"언제나 나를 부려 먹는 주제에 자기는 메리트만 챙기는 쓰레기 녀석이 있단 말이지. 그놈을 끌어들여 주겠어…… 크크크."

『……그렇구나. 그 사람이 상대라면 기대하는 결과가 나오겠지만…… 괜찮아?』

"혼자 죽을 수는 없지. 상관없어."

──그렇게 아카네와 이야기를 끝냈다.

이걸로 방침은 정해졌다.

원만하게 팬클럽을 해산하기 위해서──.

──테츠히코에게 억지로 키스를 해서 내가 좋아하는 사람이 테츠히코인 것처럼 보여준다.

이거야! 이걸로 전부 해결되는 거지!

…………………………………………………………으응?

진짜로 해야 하나……. 이거 일이 더 커지는 건 아닌가…….

하고 싶은지, 하고 싶지 않은지로 말하자면 절대로 하고 싶지 않다!

그러나── 이건 자신의 어리석은 행동에 대한 뒤처리였다.

처음부터 팬클럽을 거절했다면 세 사람에게 미안할 일도 없었을 테고 이야기가 커질 일도 없었다. 우쭐해 버린 게 모든 일의 원인이었다. 그렇다면 이 정도의 대미지는 감수해야겠지.

다른 방법은 없었다. 적어도 아카네와 에스카와에게 상담을 해도 이 이상의 계획은 떠오르지 않았다.

그렇다면 남은 건 각오뿐이다.

마음속의 스위치를 켜라. 여기서부터 나는 연기자로서 모두를 속이는 거다.

'이건 세 사람을 위해서── 그렇다면 할 수 있어……!'

그렇게 결심한 나는 다음 날 점심시간에 에스카와를 찾아갔다.

이 계획을 실행하기 위해서는 협력자가 필수였다. 그래서 우선 에스카와에게 상담을 하러 간 것이다.

에스카와는 다행히도 학생회실에 혼자 있어서 이야기하기 편한 환경이었다.

"에스카와 있잖아. 괜찮은 계획이 있는데——."

그렇게 운을 떼며 아카네와의 대화 내용을 이야기했다.

그러자——.

"그런 해결책이……. 아니, 그래도 말이지……. 저, 정말로 할 거야……? 확실히 문제가 한 번에 해결되는 방법이기는 한데……."

그렇게 말하며 주저했다. 상식적인 에스카와로서는 당연한 반응이겠지.

"거기에 이 계획을 떠올린 게 시다의 여동생이라고? 중1? 믿어지지 않는데."

"아카네는 냉정한 판단력으로 효과적인 방법을 제시해주거든. 좋든 나쁘든."

에스카와는 이마를 손으로 짚으며 깊은 한숨을 내쉬었다. 문제아를 앞에 둔 보육사 같은 몸짓이었다.

"마루는 정말로 괜찮아?"

"나는 이미 각오했어. 그러니까 협력해줘."

"……알았어. 팬클럽 관련은 내가 관리하며 잘 유도해볼게. 그나저나 협력자가 좀 더 있으면 좋겠는데. 군청 동맹으로써 승부를 겨루고 패배한 결과로 키스를 할 거잖아. 그렇다면 대결 상대는 반드시 협력자로 해야겠지."

"그 부분도 아카네와 상담했는데 조지 선배와 승부를 겨룰 생각이야. 그 승부의 결과로 계획을 실행하면 잘 풀릴 것 같아서."

"조지 선배님…… 모모사카의 팬클럽 리더구나. 지금까지의 흐름을 생각하면 가장 자연스러운 대결 상대긴 해. 좋은 생각이야."

"그리고 레나에게도 말해서 말을 맞춰둘까 하고."

"레나?"

"1학년 아사기 레나. 알아?"

"아, 1학년 성적 1등인 아사기 말인가."

레나 녀석, 학생회 부회장에게 그런 식으로 알려진 건가.

건방진걸. 나중에 혼쭐을 내주자.

"조지 선배님과 아사기는 잘 구슬릴 수 있을 것 같아?"

"조지 선배는 이야기를 나눠보니 엄청 좋은 사람이었고 모모에게 이익이 되는 이야기니까 아마 쉽게 수락해줄 거야. 레나도 최악의 경우에는 돈——."

말하다가 황급히 입을 다물었다.

상대는 학생회 부회장이다. 심부름센터 일을 모른다면 돈으로 매수한다는 말은 치명적이다.

"돈? 무슨 말이야?"

"아니, 그게, 돈으로 말이지, 나중에 출세하면 한턱 내줄 테니까 부탁할게! 같은 식으로 말하면 문제없을 것 같아서."

"그걸로 괜찮겠어?"

"뭐, 귀여워하는 후배니까."

어째서인지 '슨배님, 횡포예요~'라는 환청이 들려왔지만 무시하기로 했다.

"흠, 그거라면 잘 풀릴 것 같긴 한데…… 한 가지 커다란 허들이 있는걸."

"뭔데?"

"——카이 말이야."

"그렇단 말이지……."

이번 계획에서 어느 부분이 어렵냐고 한다면 압도적으로 테츠히코의 존재가 문제였다.

내가 책임을 지는 건 상관없다. 자업자득이고 각오도 했으니까.

그러나 테츠히코는 완전히 내 물귀신 작전에 말려들어서 일방적으로 손해를 보는 입장이었다. 눈치를 채면 저항하지 않을 리가 없었다.

"카이는 나도 곤란한 상대여서 말이지. 그 녀석과 비교하면 오라기는 귀여운 수준이야. 오라기는 애 같을 뿐이니까."

"동감이야."

"카이는 쉽지 않을 것 같다고 할까, 이상할 정도로 감이 날카로워. 함정에 빠트리려고 해도 대개는 눈치채고 빠져나가지. 나도 카이의 여자 문제를 해결하려고 세 다리를 걸친 증거를 모아서 공개했지만 솔직히 귀찮아진 그 녀석이 물러나서 이긴 것처럼 보일 뿐이야. 만약 세 다리 걸친 애 중에 진심으로 노리는 애가 있어서 격분한 카이가 반격했다면 어떻게 되었을지 모를 일이고. 솔직히 말해서 상상하기도 무서워."

지금까지 테츠히코는 같은 편이어서 든든했다.

그러나 이번 작전에서는 적대한다. 그래서 무서웠다.

그 날카로운 감, 교활함. 허를 찌르는 건 보통 방법으로는 무리였다.

하지만──.

"해낼 거야."

나는 단언했다.

"이번에 이 방법을 쓰면 모든 게 잘 풀려. 성공하면 모두가 행복해지니까 나는 전력을 낼 수 있어. 테츠히코를 속여넘길 거야. 맡겨줘. 이미 스위치는 켜졌으니까."

"마루……."

쿠로하가 알려줬던 '누군가를 위해서라면 연기를 할 수 있다'는 조언. 그건 일상에서도 활용할 수 있었다.

"그리고 그 녀석도 나를 실컷 이용해 왔으니까……. 이번에는 내가 이용해주겠어……. 각오하라고, 테츠히코……. 편의주의적으로 너만 이득을 보는 걸 하늘이 용서해도 나는 용서하지 않는다고. 크크크!"

"정말이지 너희는……. 묘한 부분에서 닮았다고 할지……."

에스카와는 팔짱을 끼며 미간을 찌푸렸다.

"테츠히코에게 들키지 않기 위해 이 작전은 나, 에스카와, 조지 선배, 레나, 이 네 사람만으로 실행할 거야. 괜찮지?"

"……알았어. 조지 선배와 구체적으로 어떻게 승부를 겨룰지 정해지면 알려줘. 팬클럽을 잘 유도해볼게. 그리고 그때는 가능한 이 승부가 널리 알려지게 해둘 테니까."

"역시 부회장, 든든한데. 부탁할게."

내가 주먹을 내밀자 에스카와도 "그래." 하고 말하며 주먹을 마주 댔다.

＊

나는 물밑에서 움직이기 시작했다. 우선 처리한 건 조지 선배와의 교섭이었다.

"……그러쿤. 사정은 이해해줘. 마리아 양을 위해서니 물논 협력할게."

"감사합니다!"

"그러케 되면 승부 내용과 내기 대상인데, 후보는 이쒀?"

"저와 선배가 어느 정도 할 줄 아는 게 좋을 것 같아서요. 예를 들면 배드민턴은 칠 줄 아세요?"

"오～! 배드민턴! 굿이야! 아주 잘해! 5년 정도 경험이 이쒀!"

배드민턴은 운동 신경도 필요하지만 경험이 더 중요했다. 5년이나 했다면 미경험자는 상대할 수 없는 수준으로 봐도 되겠지.

"그럼 배드민턴으로 하죠. 그리고 내기 대상 말인데, '저의 비밀 폭로' 와 '모모의 팬클럽이 군청 동맹의 산하에 들어온다' 로 어떠세요?"

"'비밀 폭로' …… 그러쿤. 그러타면 내가 마루 군의 비밀을 쥐었코 그걸 공표하길 바란다는 건 어때?"

"좋네요! 감사합니다!"

"신경 쓰지 마. 전부 최고의 여동생을 위해쒀으니까!"

이렇게 조지 선배의 설득은 성공했다.

다음은 레나와의 교섭이었다.

"…………허어. 터무니없는 생각을 다 하셨네요. 게다가 오키나와 여행 때 왔었던 그 아카네의 생각이라니 장래가 두려운데요."

레나는 계획을 듣고 어깨를 축 늘어뜨렸다.

"그래서 네가 협력해줬으면 해. 주로 테츠히코가 착각을 하게끔."

"……알았어요. 협력할게요."

"오! 바로 수락해주는 거야?"

테츠히코와의 관계는 나보다 기니까 솔직히 주저하리라고 생각했었다.

"역시 내가 귀여워해 준 걸 고맙게 생각하는 거지?"

레나가 덧니를 드러내며 눈을 빛냈다.

"농담이라도 그런 발끈하는 소리를 하신다면 협력 안 할 건데요."

"미안. 너무 우쭐거렸어."

내가 엎드려 빌자 레나는 깊은 한숨을 내쉬었다.

"정말 한숨 나오는 슨배님이시네요……. 하아, 협력할 테니까 그만 일어나세요."

"정말로? 아싸, 돈도 안 내고 엎드려 빈 걸로 허락을 받다니 이게 웬 횡재냐."

"이 슨배님은 참……."

레나는 고개를 좌우로 내저었다.

"분명히 말해두겠는데 협력하는 건 테츠 선배를 위해서예요."

"응? 테츠히코를 속이겠다는 이야기인데 어째서 테츠히코를 위해서야?"

"제가 보기에 테츠 선배는 좀 조바심을 내는 것처럼 보이거든요. 고백제 이후로."

"······그런가?"

생각도 못 한 말을 하는걸. 중학교 시절부터 테츠히코와 알고 지내기에 느껴지는 직감이라는 건가.

"테츠 선배는 나쁜 쪽으로 머리가 잘 돌아가고 감도 좋아서 좋은 의미로도 나쁜 의미로도 평범하지 않죠? 하지만 슨배님과는 다르게 혼자서 세상의 주목을 모으거나 사람을 끌어들이는 재능은 없거든요. 그래서 슨배님이 부활하기 전에는 전부 써먹지 못한 재능을 여자애들과 놀면서 해소한다는 분위기가 있었어요."

아······ 이해가 될 것 같다. 테츠히코의 재능이란 뒤에서 서포트할 때 빛이 나니까.

연극으로 말하자면 연출이나 프로듀서 같은 일이다. 하려고 하면 연기자든 음향이든 조명이든 뭐든지 할 수 있겠지만 가장 힘이 발휘되는 건 스태프로, 그것도 전체를 움직일 수 있는 포지션이었다. 테츠히코에게는 그런 포지션이 어울렸다.

"그런데 슨배님이 부활하면서 테츠 선배는 이전부터 생각해 왔던 계획을 하나하나 실행할 수 있게 되었거든요. 그게 성공하면서 테츠 선배의 영향력은 가파르게 증가하고 있어요. 지나치게 순조롭죠…… 그 때문일까요. 솔직히 조바심을 내는 것처럼 보인단 말이죠……. 그래서 한 방 먹고 냉정함과 여유를 되찾아줬으면 한다는 느낌이에요."

"너, 나는 막 대하면서 테츠히코는 제대로 선배로서 존중하고 있구나."

"슨배님은 성희롱과 괴롭힘으로 고소하지 않은 것만으로도 감사하게 생각해줬으면 하는데요. 슨배님을 제외한 선배님들은 제대로 존중하고 있다구요."

"괴롭힘이 아니라 지도라고 몇 번을 말하냐."

나는 양손의 검지로 레나의 뺨을 찔렀다.

당연히 두 뺨이 패이며 이상한 얼굴이 되었다. 웃긴데.

"풉."

"이게 괴롭힘이라구요~!"

얍, 하고 소리를 내며 레나가 내 정강이를 찼다.

"악?!"

내가 무릎을 꿇으며 얼굴을 일그러트리자 거칠게 숨을 몰아쉰 탓에 거대한 가슴이 다이나믹하게 위아래로 들썩이던 레나가 불현듯 두 어깨를 힘없이 늘어트렸다.

"정말이지 이 슨배님은……."

"아파서 죽는 줄 알았는데."

"자업자득이거든요."

그것도 그런가 해서 떨떠름하게 납득하다가 통증이 가시기 시작해서 무릎에 묻은 먼지를 털며 일어섰다.

"뭐, 그래도 슨배님 말처럼 테츠 선배 이외의 안건이었다면 공짜로는 수락하지 않았을지도 모르겠네요."

"너희는 사이가 좋으니까."

"그보다는 테츠 선배에겐 도움받은 게 많아서요."

레나는 쑥스러운지 고개를 돌리며 말했다.

"테츠 선배는 엉망진창이고 길에서 어긋난 사람이란 말이죠. 하지만 제가 길에서 어긋날 것 같으면 어긋난 위치에서 슬쩍 원래 있던 길로 돌아갈 수 있게 도와주는…… 그런 다정한 사람이라고 생각해요."

*

준비는 전부 끝났다. 그날 나는 수업을 마치고 체육관에 있었다.

내 협력자이자 학생회 부회장이기도 한 에스카와가 말했다.

"미안해, 배드민턴부. 작은 축제 같은 거니까."

"아니에요, 재미있으니까 괜찮아요!"

배드민턴부의 부원은 벽 쪽으로 이동해서 코트를 지켜보며 즐겁게 담소를 나누고 있었다.

그 안에는 배드민턴부의 부장과 이야기를 나누는 쿠로하의 모습도 있었다.

"시다, 배드민턴부에 아직 이름 남겨놨으니까 언제든 돌아와도 돼!"

"고마워. 그리고 갑자기 클럽 활동을 쉬게 되어서 미안해."

"그야 군청 동맹에 가는 게 당연하지! 활약하는 모습 보고 있는데 방송에서도 떠들썩하잖아!"

"아하하……. 뭔가 나도 모르는 새에 말이지……."

"들어가고 싶어 하는 애들 많은 거 알아? 뭐, 카이 군이 이끄는 거기도 하고 카치와 잘 지내기 힘들 것 같다거나 수준이 너무 높아서 따라가기 힘들 것 같다는 등의 이유로 망설이는 애가 대부분이지만."

"아…… 나는 입회에 관해선 감정 상하는 것도 싫어서 관여를 안 하고 있어, 미안해."

관람자가 어느 사이엔가 늘어나 있었다.

나와 함께 체육관에 들어온 쿠로하, 시로쿠사, 마리아는 물론이고 에스카와가 모아서 내 팬클럽 멤버들도 모두 와 있었다. 군청 동맹의 하부조직인 '싫어 동맹' 과 '절멸회' 녀석들도 모였다.

나는 스트레칭을 하며 몸을 풀고 있었다. 복장은 교복인 채였지만 그래도 신발은 운동화로 갈아 신었다.

상대측인 조지 선배는 평소대로 마리아의 얼굴이 프린트된 티셔츠에 '여동생 러브' 의 반다나 차림이었다. 그런 요란한 차림새로 애니 연구부의 부원과 셔틀콕의 감촉을 확인하고 있었다.

"야, 스에하루. 괜찮은 거지?"

테츠히코가 팔꿈치로 찔러 왔다. 나는 계속 스트레칭을 하며 대답했다.

"괜찮다니까. 내 실력 봤잖아. 조지 선배는 딱 봐도 운동은 못할 것 같고. 오히려 용케 배드민턴 승부로 끌고 왔다고 솔직하게 칭찬이나 해."

"뭐, 솔직히 나보다 잘하길래 놀랐다만……."

아까 몸풀기로 둘이서 쳐봤다.

결과는 내 압승. 테츠히코는 운동 신경이 상당히 좋아서 내가 압승할 수 있는 스포츠는 거의 없었다. 그러므로 이건 드문 결과라고 할 수 있었다.

"중학교 시절부터 쿠로의 연습에 어울려줬었거든. 아무리 그래도 미경험자에게는 지지 않는다고."

쿠로하는 중학교 시절부터 배드민턴부였다. 쿠로하의 연습에 어울려줬던 보람이 있었다.

테츠히코는 팔짱을 끼며 고개를 갸웃거렸다.

"이번 승부는 지금까지와는 다르게 단판 승부잖아. 그게 영 걸린단 말이지……."

이 지적은 이미 시뮬레이트 해뒀다.

나는 바로 반격했다.

"누구 때문인데. 지금까지 두 번의 승부에서 네가 비겁한 수법을 쓰니까 경계 받은 거라고."

"아…… 뭐, 그것도 그런가."

"그러니까 교묘하게 승리 확정인 승부로 끌고 온 나를 칭찬하란 말이야."

"흐음……."

테츠히코는 어느 정도는 납득했지만 전부 납득이 되지는 않은 모양이었다. 이게 테츠히코의 성가신 점으로, 의혹이 조금이라도 남아 있으면 경계를 소홀히 하지 않았다.

"그리고 졌을 때의 '스에하루의 비밀을 폭로'라는 건 또 뭔데. 무슨 짓을 했길래 이런 조건이 된 거냐고."

"……내 포엠 노트를 조지 선배가 주워서 읽었어."

"…………뭐?"

"……내 포엠 노트를 조지 선배가 주워서 읽었어."

중요한 일이어서 내가 정색하고 두 번 말하자 테츠히코는 몇 번인가 눈을 깜빡인 뒤에 아~ 하고 중얼거렸다.

"너 그런 거 쓰냐? 아니, 그보다 왜 그런 걸 학교에 가지고 온 거야."

"떠올랐을 때 메모해두지 않으면 잊어버리잖아."

"그런 건 핸드폰에서 써도 충분하잖아……. 뭐, 대충 어떻게 된 건지는 알겠어. 노트를 주운 조지 선배는 네 시를 공개해서 네 평판을 떨어트리고 싶겠지. 너에 대한 애정이 식은 마리아가 자신들의 여동생이 되어주길 바랄 테니까. 하지만 조지 선배가 공개해도 너는 위조라고 해서 넘어갈 수 있지. 그래서 승부로 너에게 '비밀의 폭로'…… 포엠 노트의 존재를 인정하게 해서 읽게 하려는 건가?"

"그거야."

우리를 살펴보고 있던 조지 선배가 히죽 웃었다. 상당히 악역다웠다.

"그래서 내가 승부를 겨루기로 한 이유가 이해되었냐? 질 수 없으니까 승부 내용의 교섭 같은 건 필사적으로 했다고."

"……뭐, 그런 사정이라면야. 그럼 군청 동맹이 이겼을 때 '마리아의 팬클럽이 군청 동맹의 산하에 들어온다'는 건?"

"진짜 목적은 포엠 노트를 회수하는 거지만 그걸 이유로 삼으면 내가 시를 쓴다는 게 들키잖아. 그래서 승부 조건은 그 이유로 해달라고 했어. 솔직히 말해서 조지 선배는 군청 동맹의 산하에 들어오든 않든 어느 쪽이라도 상관없나 봐."

"뭐, 산하에 들어오는 편이 마리아와 가까워지기 쉽다는 메리트는 있으니까 그렇게 생각하려나……."

그렇게 말하면서도 눈 안쪽이 빛나고 있었다.

큭, 테츠히코 녀석, 역시 까다로운데……. 이렇게 다양한 이유를 마련해놨는데…… 아니, 어쩌면 이유가 너무 다양해서 의심이 사라지지 않는 것일지도 모르겠다.

"너에게도 메리트가 되니까 위험해지면 협력하라고."

"……솔직히 그다지 내키지는 않는데."

주도권을 쥐고 있지 않기 때문일까. 아니면 의혹이 있기 때문일까. 테츠히코는 조금 무기력한 느낌이었다.

하지만 아직 계획은 들키지 않았다. 들켰으면 이 자리에 있을 리가 없으니까.

누가 관심을 끌어주지 않으려나. 테츠히코에게 생각할 시간을 주는 건 역시 무서웠다.

"여전히 슨배님은 바보 같으시네요."

카메라를 든 레나가 말을 걸어왔다.

"뭐, 일단은 내버려 둬도 괜찮지 않아요? 슨배님이 이기면 테츠 선배에게도 이익이 될 테고 만일 지더라도 테츠 선배가 손해 볼 건 없잖아요."

"……그것도 그런가."

테츠히코가 발산하던 압박감이 확연하게 약해졌다.

'놀라운데…….'

나는 놀라움을 감출 수 없었다.

테츠히코 녀석, 레나를 상당히 신뢰하고 있구나. 레나의 말을 듣고 이렇게 쉽사리 물러날 줄은 몰랐다.

레나에게 몰래 고맙다고 눈짓이라도 해주고 싶지만 테츠히코라면 그런 별것 아닌 행동으로도 위화감을 느끼고 진실에 다다를지도 모른다.

그래서 나는 테츠히코의 경계심을 부채질하지 않게 바로 그 자리에서 벗어났다.

"그럼 슬슬 시작할게!"

심판역인 에스카와가 우리에게 손짓했다.

"룰은 단식. 원 게임 매치로 21점을 먼저 따는 쪽의 승리야. 듀스를 허용하고 2점 차가 난 시점에서 승패가 결정되는 것으로. 이의는?"

"없어."

"아라쏘."

"이 승부의 결과로 마루가 이기면 '모모사카 마리아 팬클럽인 오빠 길드가 군청 동맹의 산하'로, 조지 선배님이 이기면 '마루가 자신의 비밀을 이 자리에서 폭로'. 양측 모두 이의는?"

"문제없어."

"이의 업쒀."

"그럼 시작하지. 서브는 가위바위보로."

가위바위보를 해서 내가 이겼다. 서브권을 얻었다.

각자 자리를 잡은 뒤에 승부가 시작되었다.

"그럼 원 게임 매치, 시작!"

"하루, 지면 안 돼!"

"스짱, 힘내!"

"스에하루 오빠, 파이팅이에요!"

"스뼁, 힘내라아아아!"

"조지 선배님! 애니부의 저력을 보여주세요!"

새된 성원, 동료들의 응원, 그러한 목소리를 한 몸에 받으면서 흥분되기 시작했다.

"좋아! 갑니다, 조지 선배!"

"언제든쥐!"

나는 높게 서브를 넣었다.

노리는 건 정석적인 백 바운더리 라인 부근. 네트에서 최대한 떨어트리며 섣불리 스매시를 치지 못할 상태로 만들어 반응을 살폈다.

"좋은 서브인걸."

조지 선배는 빈틈없이 따라가서 대각선상으로 하이클리어를 날렸다.

——파앙!

이 터지는 듯한 접촉음. 이것만으로도 알 수 있었다. 본인의
말대로 조지 선배는 경험자였다.

기세와 각도 전부 훌륭했다.

이대로 다시 한번 하이클리어로 받아쳐서 상황을 봐도 되지
만…… 한 점을 잃더라도 조지 선배의 반응을 보고 싶었다.

나는 가벼운 백스텝으로 자세를 취하고 전신의 탄력을 이용해
서 스트레이트로 스매시를 날렸다.

팡! 하고 폭발하는 듯한 소리가 울렸다. 궤도는 약간 높았지만
체중이 제대로 실린 덕분에 속도는 나무랄 데가 없었다.

하지만——.

"컨트롤이 어설푼걸."

내 움직임을 내다본 듯한 드롭이었다.

"윽——."

백 바운더리 라인 부근에서 무리하게 스매시를 날렸기 때문에
전방이 텅 비었다. 한 발짝 내디딘 시점에서 받아치지 못하리라
는 것을 알 수 있는 상황이었다. 덕분에 깔끔하게 점수를 잃고
말았다.

"오오오오오오오!"

"의외인데?! 두 사람 다 잘하잖아!"

"대단해! 시합 자체가 재밌어!"

우리가 제대로 된 시합을 펼치는 게 예상 밖이었는지 단숨에 관객들이 흥분했다.

"스짱, 저렇게 운동을 잘했구나."

"하루는 운동 신경은 나쁘지 않지만 테츠히코 군정도로 좋은 것도 아니야. 배드민턴은 힘과 속도보다도 기술이 중요하거든. 내가 라켓 쥐는 법부터 가르쳐줬어."

"스에하루 오빠도 쿠로하 선배님의 연습에 어울려줬었다고 했었으니까……."

조지 선배는 라켓으로 셔틀콕을 주우며 웃었다.

"마루 군. 내 실력을 알았쥐?"

"예, 솔직히 얕보고 있었는데 말이죠……."

겉모습에 속고 말았다. 조지 선배가 배드민턴을 어느 정도 칠 줄 안다고 해도 두꺼운 안경에 수상쩍은 티셔츠라는 판에 박은 듯한 오타쿠의 모습이었으니까. 그런 탓에 운동은 서툴 것이라고 어느 사이엔가 착각하고 있었다.

그러나 지금은 겉모습에 의미가 없다는 것을 깨우쳐서 후련한 기분이었다.

"이래 봬도 3년 전 요크셔주의 대회에서 32강에 남은 적도 이쒸."

"대단한 건지 대단치 않은 건지 전혀 모르겠는데……. 야, 스에하루! 낙승인 거 아니었어? 지지 말라고!"

테츠히코가 기합을 넣어줬다.

나는 엄지를 세우며 자신만만하게 말했다.

"아직 진심을 안 냈다고! 지금부터니까 보고 있기나 해!"

나는 머릿속의 스위치를 켰다. 스위치가 켜지면 나는 어떠한 역할이라도 될 수 있었다.

그래, 지금부터가 진짜였다.

……그로부터 일진일퇴의 공방이 시작되었다.

내가 공세에 들어가면 조지 선배는 방어를 했고, 서로 빈틈을 노리며 아슬아슬한 샷으로 상대를 앞지르려고 했다. 사이드 라인을 노린 샷과 각도를 꺾은 점핑 스매시가 선보여질 때마다 관객들이 흥분했고 경기 중인 나도 기분이 더욱 고양되었다.

경기가 중반에 접어들 무렵에는 서로의 실력이 파악되기 시작했다.

아마도…… 내 쪽이 조금 위일 것이다.

기량은 거의 같지만 조지 선배는 애니부였던 탓인지 체력이 없었다. 지쳐가면서 샷의 정밀도가 떨어지는 건 당연했고 중반에는 내가 4점을 리드하게 되었다.

하지만 지금부터가 내가 실력을 발휘할 때였다.

"큭――."

좋은 승부를 펼치면서 나도 피로가 쌓인 것처럼 연기를 했다.

절대로 위화감을 품지 못하게 한다. 어디까지나 전력으로 하고 있다. 노력하고 있다. 때로는 달려들지만 작은 실수를 한다. 아깝다. 이대로 지지 않는다.

일거수일투족을 아름답게 명승부처럼 보이는 접전을 연출하며 분위기를 지배한다.

"20-19, 매치 포인트!"

나는 궁지에 몰려 있었다. 앞으로 1점을 빼앗기면 패배한다.

하지만 아직이다. 여기서 점수를 따면 듀스. 승리하려면 2점을 먼저 따야 하니 실수를 두려워하지 않고 공격할 수 있었다.

조지 선배의 서브.

크게 휘둘러 올리며…… 페인트다!

셔틀콕에 닿기 직전에 라켓의 기세를 약하게 해서 전방에 떨어트린다. 게다가 빈틈없이 좋은 포인트에 떨어지는 궤도였다.

나는 즉시 받아치기로 했다.

페인트에는 페인트로 받아친다. 크게 휘둘러서 깊숙하게 날리는 척을 하며…… 전방에 떨어트린다.

하지만——.

"그건 예상했쒀."

기력을 쥐어짠 조지 선배가 전방에 나와 있었다.

조지 선배는 곧바로 각도를 꺾어서 반대 사이드로 떨어트렸고
—— 매치 포인트를 빼앗기고 말았다.

"조지 선배님의 승리!"

"오오오오오오오오오오!"

우렁찬 함성이 체육관을 감쌌다.

나는 털썩 무릎을 꿇었다.

"젠장!"

어디까지나 전력으로 싸웠다. 그러나 졌다.

그런 식으로 보여준다.

"하루…….."

"스짱…….."

"스에하루 오빠…….."

체육관에 침묵이 내려앉았다.

그때 조지 선배가 내 곁으로 다가와서…… 손을 내밀었다.

"마루 군, 멋쥔 승부여쒀."

"조지 선배…….."

손을 잡자 조지 선배가 나를 일으켜 세웠다.

"나는 감동해쒀. 그래서 제안하는 건데…… 군청 동맹의 산하에 우리 길드를 넣어쥐 않을래?"

"……?!"

술렁임이 체육관을 내달렸다.

"실은 처음부터 산하에 들어가도 괜촨타고 생각해쒀. 하지만 별 볼 일 없는 사람 밑에는 들어갈 생각이 없었쥐. 좋은 승부가 되어서 들어가도 괜촨타고 생각해쒀. 받아줄래?"

"조지 선배…… 감사합니다!"

우리는 뜨거운 포옹을 나눴다.

전력으로 싸우고 서로를 인정해서 화해한다.

감동적인 광경이었다.

"그렇쥐만 약속…… '비밀 폭로'는 지켜줘야게쒀."

"……알았어요."

자아, 최후의 승부다.

이 순간에 다다르기 위해 쌓아 올려 왔다.

"죄송한데요. 그 전에 잠시만요. ……테츠히코, 잠깐 상담할 게 있는데."

"응?"

이 흐름에서 당연히 테츠히코는 내가 '어떻게 하면 비밀을 폭로하지 않고 얼버무릴 수 있을지'를 상담하리라 생각하겠지.

하지만 그건 페인트다. 전부 테츠히코를 방심시키기 위해서였다.

두근…… 두근……!

테츠히코와 가까워질수록 심장 소리가 커졌다.

이건 피로 때문이 아니었다. 긴장감 때문이다.

이 정도로 대규모 함정을 팠다. 그런 만큼 실수할 수는 없었다.

나는 여기까지 완벽한 연기를 했다는 자신감이 있었다.

하지만 상대는 테츠히코…… 완벽한 연기를 해도 나를 상회할 가능성이 있을 정도의 상대였다.

두 걸음 앞까지 접근한 나는 멈춰 섰다. 여기까지가 친구의 거리였다.

그렇지만 기습적으로 키스를 하려면 더 접근해야 했다.

여기서부터가 난관이었다.

그래서 나는 한 가지 꾀를 냈다.

"다른 사람이 들으면 안 되는 이야기니까 귀 좀 가까이 해봐."

이거라면 더욱 다가가도 이상하지 않을 터였다.

테츠히코도 "알았어." 하고 말하며 고개를 끄덕였다.

속아 넘겼다.

그렇지만 그런 마음은 조금도 티 내지 않으면서 나는 얼굴을 가까이했고——.

"······?!"

바로 직전에서 테츠히코의 눈이 커졌다.

이건 감일까 본능일까. 한순간에 위험을 깨달았다는 것을 알 수 있었다.

나는 실수를 하지 않았을 터····· 그런데····· 테츠히코, 여전히 무서운 녀석이다·····.

하지만 이미 늦었다. 보통은 놀라서 굳어버릴 뿐이다. 반응이 빠른 사람이라도 움찔하는 게 고작이겠지.

그렇다면 내 승리다. 억지로 머리를 붙잡고 그대로 입술 박치기를 해버리면 된다.

이 거리까지 위화감을 감추는 데 성공했다면 승리가 확정되었다고 할 수 있을 것이다.

······상대가 테츠히코가 아니었다면.

"——!"

무슨······?!

테츠히코 녀석, 순식간에 뒤로 뛰어서 거리를 벌리다니?!

짐승 같은 몸놀림이었다. 위기에 직면했을 때 본능적으로 일어나는 경직이 거의 없었다.

무술을 배운 사람도 이렇게까지는 못한다. 인간의 본능을 능가하는 반응, 속도, 감지 능력—— 이 녀석은 괴물인가……?!

"테츠히코, 너 이 자식……!"

"……야, 스에하루…… 무슨 짓 하려고 했냐……?"

큰일 났는데…… 이 눈…… 테츠히코가 완전히 나를 '적'으로 인식했다.

따끔거릴 정도의 살기. 마치 진심으로 싸우기 직전의 사람 같았다.

체육관은 쥐 죽은 듯이 조용했다.

조금 전에 있었던 열전의 흥분은 완전히 식었고, 나와 테츠히코의 불온한 분위기에 모두가 입을 다문 채 그저 상황을 지켜 보고 있었다.

"스에하루, 뭔가 말 좀 해보지……? 미리 말해두겠는데 말 조심해라……. 아무렇게나 혀를 놀리기만 해봐…… 죽여버린다……."

"_____."

모두가 할 말을 잃었다.

아마도 이건 모두가 있는 앞에서 처음으로 드러낸 진심으로 화난 테츠히코의 모습일 것이다.

레나는 테츠히코를 '좋은 의미로도 나쁜 의미로도 평범하지 않다'고 평했었는데 그 말 그대로였다.

평범한 녀석이라면 '죽인다'고 말해도 어디까지나 '죽이고 싶을 정도로 화났다'는 의미였다.

하지만 테츠히코는 달랐다. 테츠히코의 말을 들은 사람은 모두 이렇게 생각했을 것이다.

——이 녀석, 진심으로 죽일 생각이라고.

그걸 내뿜어지는 위압감으로 알 수 있었다. 그랬기에 무서워서 모두가 입을 다물고 말았다.

하지만 나도 아직 물러날 수 없었다.

여기서 계획을 폭로해버리면 전부 파탄 난다. 팬클럽의 원만한 해산을 바랄 수 없게 되고 나는 자신의 뒤처리를 하지 못한다. 세 사람에게도 면목이 없어지고 에스카와 레나, 조지 선배의 협력도 헛수고가 되어버린다.

섣부르게 움직이면 단숨에 잡아먹힌다…… 그렇게 느낀 나는 강경하게 나간다는 선택을 했다.

"하기는 무슨 짓을 해. 너야말로 왜 느닷없이 물러난 건데. 뭘 겁먹고 그래."

"뭐? 겁먹어? 그래, 그렇게 나온단 말이지…… 각오는 되어 있겠지……?"

테츠히코가 내뿜는 살기가 증대되었다. 하지만 나도 지지 않고 마주 노려보았다.

긴장감이 높아짐에 따라 주위가 소란스러워졌다.

"저거, 바레기 콤비가 싸우는 건가……?"

"진짜로 붙는 거야……? 용호상박인가……!"

"어떡해, 둘 다 무서워……."

"카이 군은 알겠는데 마루 군에게도 이런 일면이 있었구나……."

"야, 내기할래? 나는 카이에게 10엔."

"그럴 때냐. 누가 선생님을 불러오는 편이 낫지 않아……?"

술렁임과 동요가 퍼져가는 가운데——.

"——바보 같은 녀석들!"

의젓한 목소리가 파문처럼 퍼져나갔다. 체육관 전체에 이성을 되찾게 하는 듯한 일갈이었다.

누가 말했는지는 보지 않아도 알 수 있었다. 이 학교에서 그 애보다 근사하게 이런 말을 할 수 있는 사람은 존재하지 않았다.

"다들 일단 진정해."

학생회 부회장인 에스카와가 냉정함과 다정함을 겸비한 목소리로 주위를 주위의 동요를 가라앉히려고 했다.

에스카와에 대한 신뢰감도 있었기 때문이겠지. 실내가 확연하게 진정되어 갔다.

그러나——.

"야, 에스카와……. 끼어들지 마…… 죽을래……?"

"——!"

……에스카와가 겁을 먹었다. 한눈에 보아도 알 수 있었다.

큰일 났다…… 상하관계가 생겨버렸다. 이렇게 된 이상은 에스카와로는 테츠히코를 억누르지 못한다.

실내의 분위기를 진정시키던 에스카와가 겁을 먹음으로써 한순간에 피부를 찌르는 듯한 긴장감이 되돌아왔다.

다만 에스카와 탓을 할 수는 없었다. 아무리 검도를 배운 여걸이라고 해도 여고생일 뿐이다. 지금까지 이 정도로 살의를 내뿜는 상대는 없었겠지. 그러므로 겁을 먹는 건 당연한 일이라고 할 수 있었다.

내가 테츠히코와 정면에서 대치할 수 있었던 건 살의의 대상이 되었던 경험이 있었기 때문이다.

나는 아역 시절에 몇 번이나 질투와 살의의 대상이 된 적이 있었다.

실실거리며 웃고 있지만 죽일 듯한 눈을 하고 있었다. 그 무서움과 마찬가지였다.

텔레비전 방송에 나올 법한 눈에 띄는 직업으로 크게 성공한 이상은 피할 수 없는 것이었다. 그래서 다소 익숙해져 있었다.

나는 에스카와를 물러서게 할 생각으로 손을 들었다.

"에스카와, 괜찮아. 여기는 나에게 맡겨 줘."

이 이상 에스카와에게 의지할 수는 없었다.

하지만 에스카와는 떨리는 손으로 내 손을 치우며 앞으로 한 걸음 내디뎠다.

"마루…… 그만 됐어. 내가 말할 테니까."

무슨 말인지 이해가 되지 않았다. 그러나 에스카와는 나 보고 잠자코 있으라며 눈짓을 했다.

어떻게 행동할지 망설이는 사이에 한 걸음을 더 내디딘 에스카와가 주위를 둘러보며 소리 높여 선언했다.

"──나는 마루와 사귀고 있어!"

…………응? 뭐? 뭐가 어떻다고?

나와? 에스카와가? 사귄다고?

…………어라? 언제부터? 금시초문이다만?

나는 상황을 이해할 수가 없어서 혼란에 빠졌다.

그러나 그러는 사이에도 시간은 흘러갔다.

정적이 파문처럼 퍼져나갔고…… 말의 의미가 서서히 침투하며…… 몇 초가 지나서 폭발했다.

"에에에에에에에에에에엑?!"

"진짜로?!"

"하지만 저 성실한 에스카와 양이 거짓말을 할 리가…….."

"그럼…… 시다 양은……?"

"카치 양과 모모사카 양도…….."

"이거 혹시 약탈?!"

"부회장은 어쩔 수 없이 팬클럽 리더가 되었다고 했는데…….."

"관심 없는 척하며 마루 군에게 접근한 거야……?"

"아니, 진짜냐고! 이거 어떻게 되는 거지?!"

체육관이 벌집을 들쑤신 것처럼 소란스러워졌다.

소문과 억측이 거품처럼 생겨났다가 차례차례 사라졌다.

"설마…… 그럴 수가…… 엣짱……."

쿠로하는 목소리를 떨었고.

"큭, 역시 나는 저 부회장이 수상하다고 생각했어……!"

시로쿠사는 격분했으며.

"…………."

마리아는 입을 다문 채 주위를 관찰했다.

그렇게 화를 내고 있던 테츠히코마저도 놀람을 감추지 못한 채 눈이 휘둥그레져서 상황을 파악하지 못하고 있었다.

홀로 냉정하게 있던 에스카와가 담담하게 설명했다.

"카이, 너라면 이미 눈치챘으리라 생각하는데 마루가 말했던 포엠 노트는 거짓말이야. 조지 선배가 마루에게 밝히라고 압박한 건 나와 사귀고 있다는 사실이었지. 우연히 나와 마루가 손을 잡은 모습을 목격당해 버렸거든."

"……그러서?"

"아까 마루가 다가간 건 이 사실을 몰래 귓속말로 전해서 주변 사람들을 진정시키는 데 도움을 받으려고 했기 때문이야. 솔직하게 말하면 만에 하나라도 지리라고는 생각하지 않았지만 만약 졌을 경우에는 카이에게 상담하라고 마루에게 조언해 두었어."

"……뭐, 확실히 그런 이야기라면 조지 선배가 떠들고 다녀도 아무도 안 믿겠지. 그리고 마리아를 생각하면 폭로시키고 싶은 사실이기도 한가……."

테츠히코가 생각에 잠겼다.

에스카와의 충격 발언에 화가 날아간 모양이었다. 하지만 아직 뭔가 걸리는 게 있는지 어딘가 경계하고 있는 것처럼 보였다.

그렇지만 지금은 테츠히코 일은 나중 일이었다.

팬클럽 애들이 나에게 몰려들어서 정신없는 상황이 되어 있었다.

"스삥, 저게 무슨 말이야?!"

"마루 군, 어째서 그렇게 된 거야!"

"자, 잠깐 있어 봐!"

나는 달래려고 필사적으로 말했지만 노여움에 불이 붙어버린 팬클럽 애들의 기세가 무시무시해서 가라앉을 것 같지 않았다.

그러나 나 이상으로 에스카와가 더 큰 일이었다.

"에스카와 양, 왜 그랬어?! 왜 그런 거야!"

"리더가 된 건 이게 목적이었어?!"

"배신자!"

나와 에스카와는 사귀고 있지 않다. 그러나 진실을 모르는 팬클럽 멤버의 입장에서는 중립적인 면을 기대받아서 리더를 맡았던 에스카와는 배신자로 보일 것이다.

에스카와는 입을 다문 채 반론도 하지 않고 홀로 매도를 듣고 있었다.

'그건 안 돼, 에스카와……!'

이 상황이 되어 나는 에스카와의 의도를 이해했다.

에스카와는 '테츠히코에게 키스를 해서 이야기를 원만하게 수습한다'는 계획을 달성하기가 불가능하다고 판단한 것이다.

테츠히코가 순간적으로 피해서 나와 험악해진 시점에 계획을 파기하기로 결심하고 차선책으로 나와 사귀고 있다는 거짓말을 해서 팬클럽의 해산만이라도 달성할 생각이었다.

하지만 그래서는 에스카와의 부담이 너무나도 컸다.

나는 팬클럽 애들을 밀어젖히며 에스카와의 앞까지 끼어들었다.

"자, 잠깐만! 아니야! 에스카와는——."

"괜찮아, 마루! 나는 전부터 마루를 좋아했었어!"

당당한 고백에 한순간 주위가 조용해졌다.

"나는 비겁한 배신자야! 마루에게 접근하기 위해서 팬클럽 리더가 되었어! 그건 무슨 욕을 듣더라도 할 말이 없는 일이야!"

대단해, 박진감 넘치는 연기다……. 나마저도 빨려들 듯한 박력이 있었다. 사정을 모르는 여자애들이 들으면 사실을 말한다고 받아들이겠지.

"너무해!"

"어떻게 그런 심한 짓을 할 수 있는 거야?!"

에스카와의 박진감 넘치는 고백에 대한 반응은 당연하게도 매도였다.

하지만—— 그래선 안 돼!

에스카와…… 그건 내가 뒤집어써야 할 죄야…… 에스카와가 뒤집어쓸 게 아니야……!

"그만해! 에스카와에게 심한 말 하지 마!"

나는 여자애들 사이로 끼어들며 에스카와를 감싸듯이 막아섰다.

팬클럽 여자애들의 동공이 커지며 나를 보는 눈이 험악해졌다.

'……이제 됐어. 미움받아도 딱히 상관없어.'

이 이상은 간과할 수 없었다. 에스카와가 비난받는 건 잘못되었다.

'에스카와가 나쁜 사람이 될 바에는…… 계획을 털어놓겠어.'

상냥한 사람이 불행해져서는 안 된다. 그것만큼은 틀림없을 터였다.

──좋아, 각오가 되었다. 지금 말하겠다.

그렇게 생각하며 입을 크게 벌렸을 때였다.

"자자자~ 지나갈게요~."

힘 빠지는 목소리가 귀에 들려왔다.

팬클럽 애들 사이로 나타난 건 방금 말한 목소리의 주인인 레나…… 그리고 레나에게 등을 떠밀린 테츠히코였다.

"여러분 죄송하네요. ……자요, 테츠 선배. 그렇게 화낼 건 없잖아요. 오해라는 걸 알았으니 사과라도 한마디 하세요. 사람으로서 당연한 일이잖아요?"

레나에게 떠밀린 테츠히코가 내 옆까지 왔다.

시선을 피하는 게 내키지 않는 분위기였다. 레나에게 설득된 거겠지. 사과하고 싶지 않은 게 일목요연했다.

그래도 일단은 사과해야겠다고 생각한 모양이었다. 그럴 필요가 없다고 생각한다면 테츠히코는 다가오지도 않았을 테니까.

"자요, 테츠 선배. 빨리요."

"밀지 말라니까."

지금 내 주변에는 팬클럽 애들이 몰려들어서 벽을 만들고 있었다. 그래서 레나는 테츠히코의 등을 더욱 떠밀어서 나와 대화할 수 있게 했다.

테츠히코는 사과하는 게 정말로 성미에 맞지 않는지 우물쭈물하고 있었다.

하지만 그때 내 눈에 들어온 건 테츠히코의 등 뒤에서 윙크를 하는 레나의 모습이었다.

……그렇구나!

번뜩임이 내달렸다.

지금 테츠히코와의 거리는 아까 접근했을 때와 비슷한 간격이었다.

그런데 테츠히코는 나에게서 시선을 돌리고 있었다.

게다가 레나가 등을 밀고 있어서 도망치지도 못한다.

그래, 지금이라면——.

아까 불발되었던 계획을 실행할 수 있다——.

천재일우의 기회였다. 때마침 주목도 모으고 있다.

이건 에스카와를 보다 못한 레나가 생각해낸 최고의 어시스트였다.

'나이스패스야, 레나. 완벽하게 마무리 지어주마——.'

나는 각오를 다지며 테츠히코에게 다가가서는 양손으로 테츠히코의 머리를 단단히 고정했다.

"응?!"

테츠히코가 도망치려고 했지만 이미 늦었다. 머리를 붙잡힌 상태로는 도망칠 수도 없다.

——방심했군, 테츠히코. 네 패배다.

그리고 나는 강제로 테츠히코의 얼굴을 정면으로 돌리고——

——————————————테츠히코의 입술을 빼앗았다.

——쪼오오오오오오옥!

그런 소리가 날 듯한 열정적인 키스였다.

"……엥?"

"……뭐?"

"……어?"

"……헉?!"

말 그대로 말문이 막힌 거겠지. 모두가 할 말을 잃었다.

당연히 깨닫지 못한 사람도 있었지만 모두가 우리에게서 눈을 떼지 않은 채 어떤 이는 옆 사람의 소매를 당기고 어떤 이는 이쪽을 가리킴으로써 터무니없는 광경이 펼쳐지고 있다는 것을 전하려 하고 있었다.

나는 주위 모두에게 보여주기 위해 넉넉히 5초 동안 키스를 이어갔다. 아무도 보지 않아서 의미 없는 키스가 되지 않게 하기 위해서였다.

나는 입술을 떼고 양팔을 펼치며 소리 높여 선언했다.

"이게 진짜 비밀이야!"

반응은 돌아오지 않았다. 모두가 얼이 빠지고 넋이 나간 듯한 표정이 되어 있었다.

그 틈을 노리는 것처럼 나는 숨 돌릴 새도 없이 사정을 이야기했다.

"에스카와는 내 비밀을 알고 있어서 감싸준 거야! 하지만 에스카와가 비난받는 건 더 이상 보고 있지 못하겠어! 그러니 솔직하게 말할게! 내가 진심인 건 '테츠히코' 야!"

자아, 마무리다.

마무리는 아카네가 전수해준 '마법의 말' 이다.

이 말로 모두의 입을 막으면 끝이다.

나는 크게 숨을 들이마시고는 천장을 향해 온 힘을 다해서 소리쳤다.

"——헤아려줘어어어어어어어어어!!"

체육관이 정적에 감싸였다.

".........."

".........."

".........."

".........."

".........."

쿠로하, 시로쿠사, 마리아는 물론이고 각종 팬클럽, 배드민턴부에 구경꾼들까지 어처구니없는 사태에 몇 초간 시간이 멈췄다.

"""에에에에에에에에에에에에에에에엑?!"""

그리고 시간이 움직이기 시작했다.

고성, 비명, 아비규환.

지옥이라 부르기에 걸맞은 광경이 체육관에 퍼지고 있었다.

말도 안 되는 상황에 테츠히코는 눈을 까뒤집고 자빠져있었다.

에스카와는 한숨을 내쉬고 레나는 어이없다는 눈으로 보았다. 싱글벙글 웃고 있는 건 조지 선배 정도였다.

"그런 거였구나……. 차암, 하루는 또 무모한 짓을……."

"뭔가 있다고 생각했는데…… 이 연기력, 그리고 실행력…… 역시 스에하루 오빠예요……."

"우으으, 이해는 했지만 스짱의 이런 모습은 보고 싶지 않았어……."

지금이 되어서 쿠로하, 시로쿠사, 마리아는 사정을 깨달은 모양이었지만 그래도 질색한 표정이었다.

"스, 스삥……."

"그, 그럴 수가…… 마루 선배님……."

그리고 내 팬클럽 여자애들은── 그저 아연하게 서 있었다.

"왔다아아아아아아아아아아! 예상 못 한 스에×테츠 전개?! 테츠×스에를 밀고 있었는데 이것도 좋아!"

일부에서는 맹렬하게 흥분하고 있었지만 더는 상대할 기력도 없었다.

"아하, 하하, 하하하……."

나는 다리에 힘이 빠져 무너져 내렸다.

이것밖에 해결할 방법이 없었다. 후회는 없다. 없기는 하지만…….

저질러버린 사실에 메마른 웃음을 흘릴 수밖에 없었다.

에필로그

*

내가 조지 선배와의 승부에서 패배한 결과 '비밀의 폭로'로 테츠히코에게 키스를 한—— 통칭 '헤아려줘, 군청' 사건을 기점으로 호즈미노 고등학교에서는 '헤아려줘 붐'이 일어났다.

"야, 수2 예습했냐?"

"헤아려줘."

"그러냐……."

"너 어제 A반의 사토 군과 함께 걷고 있지 않았어?"

"미안…… 헤아려줘."

"아, 그렇지. 나야말로 미안."

그런 대화가 교내 전체에서 이루어지게 되었다.

"죽고 싶다……."

나는 책상에 엎드려 있었다.

하루가 지나면 조금은 진정되리라고 생각했지만 전혀 그런 일은 없었다.

가는 곳마다 나를 주시하고 쑥덕댔지만—— 그런 주제에 아무도 말을 걸어오지 않았다.

요컨대 '헤아려주고 있는' 것이었다.

"우으으으으으으으으으으으으윽……."

바보 자식들아, 나는 여자를 좋아한다고……. 헤아려줄 거면 거기까지 헤아려줘…….

부득이한 수단이었다고는 해도 강렬한 반동에 정신줄이 끊어질 것 같았다.

"여어, 마루!"

"훗……."

돌연히 오구마와 나바가 찾아왔다.

오구마는 땀내 나게 내 어깨에 근육질 팔을 두르며 가하하, 하고 호쾌한 웃음을 터트렸다.

"널 오해하고 있었지 뭐냐!"

"그건 이쪽이 할 말이거든. 네가 절대로 오해하고 있다고 단언할 수 있다만."

"뭐, 더 말 안 해도 돼! 다 이해했으니까!"

아니, 그러니까 이해 못 했다고 말하잖냐.

그렇게 태클을 걸고 싶었지만 이 흐름을 막을 수도 없어서 나는 마음의 절규를 꾹 눌러 참을 수밖에 없었다.

"그나저나 그렇군. 그래서 시다 양과 그렇게 사이가 좋은데도 사귀지 않았던 거냐, 하하하!"

"그렇게 매력적인 카치 시로쿠사에게 손을 대지 않았던 이유를 잘 알았다……. 줄곧 꿰뚫어 보지 못했던 옹이구멍 같은 내 눈이 한심하군……. 미안했어……."

"처음부터 말해줬다면 좀 더 빨리 친하게 지낼 수 있었는데 말이야! 섭섭하잖아!"

"훗, 그러게 말이야…….."

오늘 온종일 묘하게 남자들이 상냥했다. 평소라면 내 일거수
일투족에 화를 내며 저주를 걸고 어디선가 야구 배트를 꺼내 드
는 녀석들이 말이다.

레나에게 핫라인으로 이유를 물어보니 『슨배님은 여자애들에
게 인기가 많은 것처럼 보였는데 그게 실은 슨배님의 카무플라
주고 정말로 좋아하는 상대는 테츠 선배라는 인식이 퍼졌어요.
그래서 남자들의 질투 대상에서 제외된 거네요.』라는 듯했다.

그 분석은 뭐냐. 죽고 싶어진다만.

"어라, 그러고 보니 카이는?"

오구마가 교실 안을 두리번거리며 둘러보았다.

"그 녀석이라면 2교시가 끝난 뒤부터 땡땡이야."

테츠히코는 주위 사람들에게 소문의 대상이 된 게 지긋지긋했
는지 냉큼 돌아가고 말았다.

젠장, 교사가 부모에게 일러바치지만 않는다면 솔직히 나도
땡땡이치고 싶었다고!

"그렇군, 그 녀석한테도 사줄 생각이었는데…….."

"뭘?"

"그게, 커밍아웃 기념으로 소고기덮밥이라도 사주자고 나바
와 이야기를 했었거든. 뭐, 사람은 배가 부르면 기운이 나는 법
이기도 하고 앞으로 잘 지내보자는 거지!"

나바는 고개를 주억거렸다.

지난 열흘 남짓 동안 나는 여자애들의 귀여운 웃는 얼굴과 화사한 새된 목소리에 둘러싸여 있었다.

　그러던 게 지금은—— 한없이 땀내 날 뿐이었다.

　스스로 결심하고 저지른 일이었다. 그러므로 결과는 감수하겠지만…….

　"우으으으으으으으으, 이대로 어쩌라는 거냐고오오오!"

　나는 머리를 부여잡고 굴렀다.

　"그럼 마루, 역 앞으로 가자!"

　"훗, 그렇게 하지…….

　아, 이렇게 칙칙할 수가…….

　여자애들에게 둘러싸여서 시부야를 걸었던 눈부신 그 날은 이제 돌아오지 않는다…….

　그렇게 생각하니 서글퍼지고 화가 치밀어올라서—— 자포자기했다.

　"젠장할! 이렇게 된 거 닥치는 대로 먹어주마아아아! 오구마! 나바! 돈은 있겠지? 배가 터질 때까지 먹어주겠어어어어어!"

　"오, 기합이 넘치잖아!"

　"훗, 그럼 갈까…….

　이렇게 남자 셋이서 역 앞으로 나갔다.

　그로부터 두 시간 뒤—— 나는 홀로 집 근처 공원의 벤치에서 쉬고 있었다.

오구마와 나바가 사준 밥으로 스트레스를 푼 것까지는 좋았지만 배가 너무 빵빵해서 정신이 없었다. 두 사람과 헤어지고 집으로 돌아오다가 공원 근처에서 한계가 와버렸다.

　일단은 좀 더 소화를 기다릴 수밖에 없는가 생각했을 때였다.

　"……하루?"

　마침 사복 차림의 쿠로하가 지나갔다.

　쿠로하는 나를 발견하자마자 가슴에 손을 대고 안도한 듯한 표정을 지었다.

　"별일 없어서 다행이야."

　"무슨 일이 있다고 그래……."

　"그치만 오구마 군이랑 나바 군과 함께 먹을 걸로 스트레스를 풀러 갔다는 이야기를 다른 애에게 들었는걸. 핫라인으로 메시지를 보내봐도 대답도 없고."

　휴대전화를 보니…… 정말이었다. 깨닫지 못했을 뿐이지 쿠로하에게서 메시지가 와 있었다.

　나는 멋쩍어져서 허세를 부렸다.

　"걱정 끼쳐서 미안해. 너무 많이 먹었을 뿐이니까 그냥 내버려 둬도 괜찮아. ……읍."

　말을 했더니 위의 내용물이 역류할 뻔했다.

　쿠로하는 눈을 가늘게 좁히며 내 옆에 앉았다.

　"그래서 폭식한 이유는? 뭐, '헤아려줘, 군청' 사건 때문이라는 건 알겠지만 이 누나는 애초에 왜 그런 행동을 했는지를 하루에게 듣고 싶은데."

어제부터 쿠로하뿐만이 아니라 시로쿠사와 마리아에게서도 자세한 이유를 알려줬으면 한다는 연락이 왔었다.

그러나 나는 휴대전화의 전원을 끄고 게임으로 현실도피를 했었다. 벨소리도 들렸지만 무시했다. 그래서 쿠로하도 사정을 모르고 있었다.

솔직히 말하면 이유를 말하고 싶은 듯한…… 하지만 말하고 싶지 않은 듯한…… 그런 모순된 심경이었다. 자업자득이라고 한다면 그럴지도 모른다.

다만 나는 남을 돌봐 주는 누님 모드가 된 쿠로하에게 이긴 적이 없었다.

그래서 포기하고 이야기하기로 했다.

"……그렇잖아, 쿠로가 나에게 고백을 해줘서 '소꿉여친'의 관계가 되었는데 나는 팬클럽이 생기자마자 들떠버렸으니까……. 시간이 지나서 냉정해지고 보니 쿠로에게 무척 실례되는 짓을 했다는 걸 깨달았거든……. 그래서 스스로 해결해야 한다는 생각에 팬클럽을 원만하게 해산시킬 방법을 아카네에게 물어보고 레나와 에스카와 조지 선배의 협력을 받아서 실행한 거야……."

이야기를 하면 할수록 한심해지고 쿠로하에게 미안한 마음으로 가득했다.

쿠로하는 손으로 이마를 짚으며 커다란 한숨을 내쉬었다.

"차암, 정말 바보 같다니까……."

"으윽…… 그치만……."

"하루는 눈치채는 게 너무 늦어."

쿠로하는 짧게 말하며 입을 내밀었다.

"하루를 믿는다고 말했지만—— 걱정되었단 말이야."

뾰로통해진 옆얼굴이 무진장 귀여워서.

그저 혼나기만 하는 것보다 훨씬 큰 죄악감이 치밀어 올랐다.

"——죄송합니다아아아아!"

나는 공원의 벤치 앞에서 엎드려 빌었다.

조금 떨어진 곳에서 "엄마, 저 오빠 뭐해~?" "쉿, 보면 안 돼." 하는 목소리가 들려왔다. 나는 아무것도 안 들립니다.

"용서할게."

쿠로하는 깊은 한숨을 내쉬고는 내 손을 당겨서 일으켜 세웠다.

"자신을 희생해서 성의를 보여준 건 평가해줄게."

"쿠로……."

"그래도 한 가지 조건을 달아도 될까?"

"뭔데?"

"이번 주 토요일에 데이트하자. 물론 카치 양과 모모에게도 비밀로 하고."

"알겠습니다……."

뭔가 점점 조교 당하고 있는 듯한 기분이 드는데…….

그런 생각이 들었다가 다시 생각해 보니 우리는 원래 이런 느낌의 관계였다.

폭식한 다음 날 방과 후에 안뜰에서 에스카와에게 정식으로 팬클럽이 해산되었다는 이야기를 들었다.

"다들 네 마음을 깨닫고 팬클럽 자체가 폐가 된다는 생각에 해산하는 것을 동의했어."

"그래……. 예정대로라 다행이야……."

나는 절찬 컨디션 불량 중이었다. 속이 안 좋으니 식욕이 없어서 점심도 먹지 못했다.

원인은 어제의 폭식, 그리고—— 정신적 피로였다.

'헤아려줘 붐'은 끝날 기미가 보이기는커녕 퍼져가기만 했다. 그래도 동영상으로 공개되는 일은 없었지만 교내 구석구석까지 소문이 퍼졌다.

뭐라고 할까, 완전히 녹초가 된 기분이었다.

"그러고 보니 말하는 게 늦었는데 그때는 감싸줘서 고마웠어."

"감싸줘?"

"그 왜, 계획이 실패할 뻔했을 때 나와 사귀고 있다는 거짓말을 해줬었잖아."

"아, 그거……."

에스카와가 뺨을 긁었다. 언제나 시원시원한 에스카와치고는 드물게 멋쩍은 듯한 표정을 짓고 있었다.

"됐어. 고맙다는 말을 들을 만한 일도 아니고."

"고맙다고 할 일이지. 전부 혼자 떠맡고 해결하려고 했잖아."

"아니, 뭐, 그 정도까지는……."

"특히 박진감 넘치는 고백까지 해줬으니까 미안해져서 말이야……."

"…………."

어라, 에스카와의 표정이 험악해진 듯한…….

"믿은 사람은 없어? 나를 감싸서 폐가 된 일은 없고?"

"폐가 된 건 없는데 지금 좀 불쾌하네."

"어째서?!"

나는 무심결에 태클을 걸었지만 컨디션 불량 때문에 휘청였다.

"안색이 나쁜데. 일단 앉아."

"미안."

나는 순순히 말을 들으며 안뜰의 벤치에 앉았다.

에스카와는 보이는 그대로 기력이 넘치는지 내 맞은편에 서서 앉으려고 하지 않았다.

"컨디션이 안 좋아지는 것도 어쩔 수 없는 상황이기는 한데…… 괜찮아?"

"각오하고 있었던 만큼 고백제 뒤와 비교하면 훨씬 낫……다고 생각하기로 했어……."

"모든 걸 아는 나로서는 엉망진창이었지만 마지막에는 스스로 책임을 진 남자다운 해결법이라고 생각하고 있어."

에스카와는 그렇게 말하며 다이어트 젤리를 가방에서 꺼냈다.

"내 비상식이야. 먹어."

"괜찮아? 아니, 그보다 비상식이라니?"

"클럽 활동이나 학생회 일이 끝나고 허기를 참을 수 없을 때만 먹는 비상식량이야. 저칼로리로 만복감을 높이기 위해 젤리를 먹는데 지금 네가 먹기에도 딱 좋을 거야."

"고맙게 먹을게. 점심을 거의 못 먹었거든……. 그래도 역시 배는 고파서…… 덕분에 살았어."

"이런 건 원래 시다의 역할이라고 생각하는데 자리에 없어?"

"아…… 아까 교실에 모모가 왔었는데 어느 사이엔가 쿠로와 이번 주 토요일에 외출하는 걸 들켜버려서 시로도 함께 셋이 어딘가로 가버렸어……."

"하아, 그 애들답네."

내가 젤리를 위에 투입하고 있으니 에스카와가 자세를 바로 했다.

"그러고 보니 이걸로 팬클럽이 해산되어서 리더 일도 끝났어. 네 협력 의뢰를 완수한 게 되겠지."

"그러게. 정말 고마웠어. 잘 풀린 건 에스카와 덕분이야."

"그래서 보수 말인데."

"……기억하고 있었냐."

나는 혀를 차며 시선을 피했다.

"야, 방금 혀 차지 않았어?"

"그, 그런 적 없는데?"

"뻔히 보이는 거짓말을 하지 말라고………… 스에하루."

"……응?"

에스카와가 어색하게 성이 아니라 이름을 불러서 나는 눈이 휘둥그레지고 말았다.

"에스카와, 방금 내 이름 부르지 않았어?"

"그, 그러면 안 돼?! 이 바보야!"

에스카와가 허둥대는 모습을 처음으로 보는 것 같았다.

"아니, 안 되는 건 아닌데 놀랐다고 할까. 에스카와는 공사 구분이 확실하니까 이름으로 부를 것 같다는 인상이 없었거든."

에스카와는 팔짱을 끼며 진심으로 불만스럽다는 듯이 거친 콧김을 내뿜었다.

"나도 여고생이라고. 지금까지 이성 친구 같은 건 없었지만 슬슬 한두 명쯤 만들어서 사이좋게 지내보고 싶다는 마음 정도는 있어."

"오오, 예상 못 한 발언인데."

정말로 뜻밖이었다. 의젓하고 검도를 하고 있으며 선도 위원장 같은 학생회 부회장이.

연애 같은 건 의지박약한 이들이나 하는 거라며 단정할 듯한 에스카와가 이성 친구를 만들어보고 싶다고 한 건 정말 뜻밖이었다.

"시끄럽거든, 불만 있어?"

"……응? 혹시 이게 보수야……?"

"둔탱이 같긴. 그런 거야."

이성 친구로서 사이좋게 지내보고 싶다, 라는 게 에스카와가 바라는 보수라고?

……그야 바로는 못 깨닫지.

다만 의미를 이해한 지금은 가장 크게 느낀 감정이 '영광'이었다.

나는 이 애가 보내주는 호의를 화사하게 꾸며주기 위해 지금까지 맡아왔던 배역 중에서 가장 예의 바른 캐릭터를 이미지하며 무릎을 꿇었다.

"영광입니다, 아가씨. 혹시 괜찮으시다면 저도 이름으로 불러도 괜찮겠는지요?"

"나를 바보 취급하는 거야?"

가볍게 새끼손가락 관절이 꺾여버렸다. 죄송합니다.

열심히 바보 취급한 게 아니라고 설명을 해서 겨우 해방되었다.

나는 방식이 잘못되었다는 것을 깨닫고 다시 고쳐 말했다.

"그럼 앞으로도 잘 부탁해. 어…… 토, 토…….'

"토카라고."

칼집에서 나온 칼날 같은 살기를 받았다.

나는 웃으며 얼버무릴 수밖에 없었다.

"아하하하! 알고 있었어! 알고 있었다니까! 토카!"

"……거짓말하지 마."

"이거 참~ 학생회 부회장이 친구라니 든든한걸~."

"속 보이는 소리 하지 말고. 그리고 교칙 위반은 적당히 해."

"그 부분은 친구 특권으로 슬쩍 넘어가 줄 수는…….'

"친구니까 더욱 엄격하게 단속해야 한다는 게 내 생각이야."

"……조심하겠습니다."

자, 우호 관계의 정석이잖아? 하고 말하는 것처럼 토카가 손을 내밀었다.

그런 무뚝뚝함이 정말로 토카답다 싶어서 나는 무심코 웃고 말았다.

"왜 웃어."

"아니, 그냥."

"나는 놀림 받는 걸 싫어하는데."

"우연인걸, 나도 그런데."

"그럼 놀리는 듯한 행동을 말이지⋯⋯."

"그건 무리야. 나는 네가 생각하는 것보다 훨씬 바보 같거든."

내가 가슴을 펴며 자기 자신을 엄지로 가리키자 토카는 어이 없다는 듯이 한숨을 내쉬며 손을 놓았다.

든든한 친구가 생겼다. 누나 같은 상냥함이 있지만 쿠로하와 는 다르게 좀 더 위에서 지켜봐 주는 듯한⋯⋯ 그런 안심감이 토카에게는 있었다.

토카가 뜬금없이 빙글 회전하며 나에게서 등을 돌렸다.

"시시한 사랑이라⋯⋯."

"⋯⋯응? 방금 뭐라고?"

"용기가 없는 나치고는 힘낸 편이려나⋯⋯."

"토카?"

"아무것도 아니야."

토카가 다시 정면으로 몸을 돌렸다.

그때 떠올라 있던 웃음은 무뚝뚝하기만 하던 토카의 표정에서 는 상상할 수 없을 정도로 명랑하고 다정했다.

"토카, 언제나 그런 식으로 웃는 편이 좋을 것 같은데."

"······어?"

"무게 잡고 있는 것보다 훨씬 귀여워서 보기 좋아."

"······!"

빈말이 아니라 진심에서 나온 말이었다. 친구로서 관계를 쌓았기에 쉽게 말할 수 있었다.

토카는 새빨개져서 도깨비 같은 표정을 지었다.

"──이 바보 같은 놈이!"

"왜 화를 내는 건데! 칭찬했구만!"

"바보! 멍청이! 천치야! 제대로 선을 그었는데── 조금 전 내 결단은 대체 어떻게 하라고──."

"무슨 말이야?"

"아무튼 사과해!"

그렇게 말하며 다시 내 손가락 관절을 꺾었다.

"아야야야얏! 죄송합니다죄송합니다죄송합니다!!!"

"······흥, 이 정도로 용서해주지."

"친구가 되었는데 어째서 그 전보다 공격을 받는 거지······."

"가슴에 손을 얹고 생각해 보지 그래?"

토카답지 않은 살짝 장난스러움이 섞인 웃는 얼굴이 친근함과 귀여움을 자아내서 '질서'에 억눌려 있던 또래 여고생다운 화사함이 겉으로 드러났다.

이름으로 부르기 시작하면서 새삼 깨달은 게 있었다.

이 애의 이름은 토카(橙花)다.

그 이름답게 오렌지색 석양빛을 받으며 꽃처럼 미소 짓는 게

가장 잘 어울렸다.

*

　한편 그 무렵 아베는 어떤 가게 앞에 서 있었다.

　재즈 카페&바 'smoking gun'.

　환락가 안에 있는 빌딩의 지하 1층에 들어선 그 가게는 상호가 빌딩에 입주한 가게 일람에 적혀있을 뿐이었다. 그래서 밖에서는 메뉴는커녕 영업하고 있는지도 알 수 없었다.

　그것만으로도 주인의 괴팍함이 느껴지는데 계단을 내려가 보면 무거운 목제 문이 기다리고 있었다. 소개받지 않은 이는 거절하는 듯한 느낌이었다.

　"괜찮으려나……."

　안에 들어가면 그 길로 수상쩍은 비즈니스에 말려들거나 거구의 남자들에게 붙들려서 터무니없는 금액을 청구받거나 하지는 않을까. 자연스럽게 그런 상상이 들 정도로 흉흉한 분위기였다.

　아베는 휴대전화의 잠금을 풀고 재차 지도와 상호를 확인했다.

　……맞다. 그렇다면 들어갈 수밖에 없나.

　각오를 다진 아베는 문을 열었다.

　"……어서옵쇼."

　카운터에 있던 수염 난 마스터가 낮은 목소리로 말했다. 바를 겸하는 만큼 술병이 늘어서 있었고 마스터도 대놓고 밤의 인간 같은 분위기였다.

어울리지 않는 곳에 왔다는 것을 자각하고 동요한 아베는 일단 카운터로 향하며 가게 안을 둘러보았다.

벽에 설치된 고급 스피커에서 재즈가 흘러나오고 있다.

정원은 최대 스무 명 정도. 테이블도 네 개뿐이었다. 그러나 인테리어는 하나같이 세련되었고 통일된 센스였다. 안쪽의 트인 공간은 라이브 연주용으로 비워둔 거겠지. 밤에 조명을 줄이기만 해도 무드 있는 실내가 될 거라고 쉽게 상상할 수 있었다.

'──찾았다.'

가장 안쪽의 테이블을 혼자서 점령하고 있는 가게의 유일한 손님.

아베는 카운터로 향하던 것을 관두고 테이블의 손님에게 말을 걸었다.

"여기 앉아도 될까? 카이 군."

"……엉?"

노트북을 보고 집중하고 있던 테츠히코가 고개를 들고── 노골적으로 얼굴을 찌푸렸다.

"엑, 선배가 왜 여기에……."

"네가 어제부터 학교를 땡땡이치길래 힘내서 찾아봤어."

"그렇군, 레나구만. 그 자식……."

테츠히코가 이를 갈았다.

아베는 안 좋은 분위기를 깨닫고 경위를 설명하기로 했다.

"미리 말해두겠는데 아사기 양은 상관없어. 나는 네 중학교 동급생에게 물어보고 다녔는데 그중 한 명이 이곳을 알려준 거야."

"그거 아니냐, 테츠히코. 네가 중학생 시절에 폼 잡으려고 이 가게에 여자애들을 몇 명인가 데려온 적이 있었잖아. 그중 한 명이 말했겠지."

마스터의 지적에 테츠히코는 혀를 찼다.

마스터의 예상은 정답이었다.

하지만 그보다도 신경 쓰인 건 마스터와 테츠히코의 친밀한 분위기였다.

"이름을 물어봐도 괜찮겠나?"

갑작스러운 마스터의 물음에 아베는 바로 반응하지 못하고 무심결에 망설이고 말았다.

그 한순간의 틈에 테츠히코는 입을 막으려고 대화에 끼어들었다.

"왜 물어보는 건데. 이 사람 바로 돌아갈 건데. 아니, 내쫓을 거야."

"모처럼 여기까지 와줬으니 삼촌으로서 대접하는 게 예의라고 생각하는데."

삼촌?!

'그렇구나…….'

아베는 납득했다.

이렇게 나이 차이가 있는데 반말, 고등학생이면서 재즈 카페의 단골 등의 의문이 '삼촌'이라는 한마디에 해소되었다.

아베는 예의 바르게 고개를 숙였다.

"아베 미츠루입니다. 카이 군의 학교 선배입니다."

"카이 키요히코다. 어떻게 부르든 상관없는데 여기서는 보통 마스터로 불리고 있어. 뭐, 일단 앉지그래. 어제 좋은 커피가 들어왔으니 자랑하는 블렌드를 대접해주마."

"삼촌, 됐다니까!"

테츠히코가 화를 냈지만 마스터는 눈썹 하나 까딱하지 않았다. 익숙해졌다고 할까…… 머리 위에 있다고 할까…… 아무튼 어른의 여유가 대단했다.

테츠히코의 저항을 무시하며 마스터가 자리를 권했다.

아베는 고개를 끄덕이며 테츠히코의 맞은편에 앉았다.

"선배, 저번에 제가 댁한테 폭력을 쓴 거 기억 안 납니까? 그런데 웃는 얼굴로 찾아오다니 무슨 생각이에요. 저는 그걸로 연을 끊을 생각이었는데."

"아~ 그 일 말이지."

테츠히코의 역린을 건드려서 벽으로 내던져졌다.

확실히 놀라기도 했고 공포도 느꼈다.

그렇지만 동시에 여기서 물러나면 평생 연이 없으리라는 직감도 들었다.

테츠히코가 그저 폭력적이기만 한 인간이라면 두 번 다시 만나고 싶지 않았으리라.

하지만 그건 아니었다. 테츠히코는 그때 이유가 있어서 폭력적으로 변했을 뿐이었다. 그건 명백했다.

잘못된 방식으로 접근한 건 자신 쪽이었다. 사람은 누구나 간섭받고 싶지 않은 부분이 있었다. 그 부분을 배려도 없이 간섭해 버렸다. 원래라면 좀 더 사이가 좋아진 뒤에 더욱 신중히 언급해야 할 문제였다.

"시다 양의 방식을 본받아볼까 해서."

그렇다면 어떻게 해야 테츠히코와 좀 더 사이가 좋아질 수 있을까. 어떻게 해야 더욱 신중하게 그 화제를 언급할 수 있을까.

솔직하게 말하자면 쉬운 방법은 없었다. 테츠히코가 타인과 사이가 좋아지고 싶은 생각이 없기 때문이다. 애초에 그런 개인적인 영역에는 아무도 들일 생각이 없을 것이다.

그렇다면 전부 망가트려 버릴 각오로 몇 번이고 시도해보자고 생각했다.

바로 쿠로하처럼.

"생각해 보면 딱히 화를 내도 다시 만나러 오면 안 된다는 법은 없으니까. 너는 내버려 두면 아무 말도 해주지 않잖아? 뭐, 그래서 끈덕지게 따라다녀 보는 것도 괜찮겠다 싶었거든."

"그걸 뭐라고 하는지 압니까?"

"음…… 스토커려나?"

"잘 아시네요."

"너라면 그렇게 말하리라 생각했을 뿐이야. 마주 보고 평범하게 대화하는 것만으로 스토커로 입건하는 건 무리라고 생각해."

"그걸 아니까 짜증 나는 건데요."

"그거 유감인걸. 나는 즐거운데."

"네가 졌어."

마스터가 씁쓸한 향기가 감도는 커피를 테이블에 놓았다.

"아니, 삼촌! 누구 편이야?!"

"좀 더 이 선배의 이야기를 들어보고 싶으니 선배 쪽이겠네."

"망할."

테츠히코는 완전히 심통이 나고 말았다. 옆자리에 다리를 올린다는, 다른 손님이 있으면 완전히 매너 위반이 되는 행동을 하며 거부하는 반응을 보였다.

아베는 그런 예의 없는 행동을 가볍게 넘어가며 느긋이 블렌드의 향기를 즐긴 뒤에 컵에 입을 대었다. 쓴맛이 혀로 퍼지며 콧구멍을 통해 재차 깊은 향기를 즐기게 해줬다.

"커피 맛이 좋네요. 감사합니다."

"입에 맞아서 다행이군."

"…………."

구태여 맞은편에 앉았으면서 자신에게 말을 붙이지 않는 게 마음에 들지 않은 모양이었다.

그런 테츠히코의 반응을 아베는 웃는 얼굴로 바라보고 있었다.

"선배, 뭡니까? 구태여 여기까지 와서 뭐 하는 건데요."

"응? 그렇지만 목적은 이미 달성했으니까."

"뭐요? 달성? 어디가?"

아베는 블렌드는 즐기며 설명했다.

"이곳에 온 이유는 두 가지인데 첫 번째는 너와의 관계를 회복하는 거였어. 뭐, 그건 조금 전 대화로 어느 정도는 달성되었다 싶어서."

"달성되긴 뭐가 달성돼요."

"아니, 뭐. 이런 느낌이라면 학교에서 다시 말을 걸어도 무시당하지는 않을 것 같으니까. 당연히 싫은 표정은 짓겠지만 어차피 평소대로고. 그건 신경 쓸 필요 없잖아?"

"이보쇼, 그걸 신경 쓰라고요."

"마스터, 조카분은 옛날부터 이렇게 비뚤어진 애였나요?"

"그래, 옛날부터 그랬어."

"이보쇼들!"

"고생하셨겠네요."

"뭐, 조카니까 귀엽지."

아베는 테츠히코에게 산뜻한 미소를 지어 보였다.

"다행이네, 카이 군. 배포가 크신 삼촌이셔서. 훌륭하신 삼촌이 있는 걸 감사하게 생각하는 게 어때?"

"테츠히코, 선배가 좋은 말 해주잖냐. 감사하게 생각하라고."

"하아아……."

테츠히코는 테이블 위에 팔꿈치를 괴며 못 들어주겠다는 것처럼 고개를 내저었다.

"안 물어보면 돌아가 주지 않을 것 같으니까 어쩔 수 없이 물어보는 건데요, 또 다른 목적은요?"

"아~ 그거 말이지? 네 얼굴을 보고 싶었거든. 그래서 그것도 달성된 거야."

"뭐요?"

"그도 그럴 게 이번에는 너와 분석해볼 것까지도 없이 시로쿠사, 시다 양, 모모사카 양은 이기지도 지지도 않았으니까. 좋게 봐서 동률이겠지. 뭐, 시로쿠사에게서 일련의 이야기를 듣고 에스카와 양의 진심이 어떤지는 조금 신경 쓰였지만…… 현재로서는 세 사람과 같은 선에서 이야기할 수준은 아니고…… 뭐, 그 애는 딱히 승패와 상관없겠다 싶어서. 오히려 마루 군이 짠 계획의 원안이 시다 양의 여동생인 아카네 양에게서 나왔다는 말을 듣고 그 애와 이야기를 나눠보고 싶었을 정도려나.”

“……그래서요?”

“그렇다면 남은 건 마루 군과 너지. 마루 군은 패배하기는 했지만 신변 정리를 했다고도 할 수 있어. 그래서 교내의 평판이 대단하다고 할까…… 뭐, 터무니없는 상황이 되기는 했지만 전체적으로 보면 근소한 패배 정도의 판정으로 보고 있어. 하지만 너는 하부조직을 만든다는 이익도 있었지만 아마도 현재 상황은 완전히 상정 밖이었겠지. 요컨대 완벽한 대패(大敗) 아니야?”

부들부들 떠는 테츠히코를 보며 아베는 생긋 미소 지었다.

“너는 지금까지 줄곧 이겨오기만 했어. 이번 일은 내가 아는 바론 첫 대패야. 그래서 어떤 얼굴인지 보고 싶었던 건데. 이해되었어?”

“당장 나가, 이 인간아아아아!”

*

아베를 억지로 쫓아낸 테츠히코는 문을 닫고 자물쇠를 잠근 뒤에야 커다랗게 숨을 내쉬었다.

"저 인간이 진짜……."

"재미있는 선배잖냐."

테츠히코가 노려보았지만 삼촌은 표정에 미동도 없이 커피잔을 닦을 뿐이었다.

"이 가게에 온 네 친구, 남자는 저 선배가 처음이군."

"아니, 그러니까 친구 아니라니까."

"저 정도로 하고 싶은 말을 할 수 있는 생판 남이 있다면 그쪽이 더 무서울 텐데."

테츠히코는 미간을 짚으며 원래 있던 자리로 돌아갔다.

"왜 그렇게 싫어하는 건지."

"난 곱게 자란 도련님은 싫다고. 아니, 그보다 뭔가 정보 없어? 저번에 그 쓰레기 놈이 스에하루의 과거를 노리고 공격해 올 거 같다고 이야기해준 것처럼."

사전에 삼촌에게서 이 정보를 제공받지 못했다면 다큐멘터리 시동과 매스컴 억제는 확실히 며칠이 늦어졌을 것이다.

일단 주간지로 보도되어 버리면 와이드쇼의 좋은 먹잇감이 되어버리는 게 일반적이었다. 결과적으로 잘 억제했지만 실제로는 종이 한 장 차이였다는 느낌이었다.

"그럼 이런 정보는 어때."

테츠히코의 노트북에 메일 수신을 알리는 아이콘이 켜졌다.

열어보니 삼촌이 보낸 것으로 본문은 없이 사진만 첨부되어 있었다.

"……!"

내용은 보도 자료였다.

【아폴론 프로덕션과 하디 프로의 업무 제휴에 대해서】

문장을 읽어감에 따라서 테츠히코는 사태가 이해되기 시작했다.

"아폴론 프로덕션이라면 업계 최대 기획사 중 한 곳이지?"

"음악 분야에서는 1위라고 해도 되겠지. 반대로 말하면 연기자…… 특히 아역 쪽은 약해. 그런 의미로는 근래에 마루 스에하루와 모모사카 마리아를 키웠던 하디 프로의 인맥과 노하우는 아폴론 프로덕션에게도 필요할 거야. 상호보완 할 수 있는 괜찮은 업무 제휴지."

"그런데 삼촌. 그건 표면적인 이유지?"

테츠히코는 트집 잡듯이 말했지만 역시 삼촌의 표정은 변하지 않았다.

"추론을 말해봐."

"그도 그럴 게 아폴론 프로덕션이라면 그 쓰레기 놈이 원래 있던 회사잖아."

하디 슌은 대학 졸업 후에 모친이 경영하는 하디 프로가 아닌 아폴론 프로덕션에 취직했다. 업계 최대급의 연예 사무소에 인맥을 만들고 노하우를 공부해서 자기 몫을 할 수 있게 된 뒤에 가업을 잇는 것으로 되어 있었다. 이건 일반적인 회사에서도 곧잘 있는 일이었다.

하디 슌은 아폴론 프로덕션에서 두각을 드러내며 에이스의 한 사람으로 불릴 정도로 일을 잘했다. 많은 아이돌과 가수를 발굴하고 실제로 히트시켜왔다.

그러나 작년에 하디 프로를 경영하던 여걸 니나 하디의 건강이 안 좋아졌다.

니나 하디와 하디 슌 모자는 거의 절연 상태였다. 그렇지만 하디 슌 말고 이을 사람이 없었다.

그런 이유로 하디 슌은 아폴론 프로덕션을 관두고 하디 프로의 대표이사로 취임해서 지금에 이른 것이다.

"그렇다면 이 제휴는 어제오늘 정해진 이야기가 아니라 작년에 그 자식이 아폴론 프로덕션을 관둘 때는 이미 정해져 있던 이야기인 거 아니야?"

"있을 법하지. 실제로 하디 슌이 하디 프로의 대표이사로 취임할 때 아폴론 프로덕션의 지원이 있었다는 소문도 돌았어."

"그 소문이 사실이라면 자연스럽게 가업을 이은 것처럼 보였지만 실은 모친을 쫓아냈다는 거야?"

"그랬을 가능성도 있지."

"그렇다는 건 지금까지는 장난 같은 거였고 지금부터가 진짜라는 건가."

삼촌은 조용히 고개를 끄덕이며 담담한 말투로 말했다.

"그래서 아마도 앞으로 너희 앞을 최강의 적이 막아서리라고 생각해."

"최강의 적……? 설마……!"

"네 생각이 맞을 거야. 하디 슌이 키운 최고 걸작…… 그 아이는 하디 슌에게 프로듀서로 복귀해달라고 예전부터 말했었나 보더군. 아마도 이 제휴로 골든 콤비가 부활할 거야."

"이러기냐고……."

테츠히코는 이마의 땀을 닦았다.

"그리고 한 가지 더. 이것도 나쁜 소식이야."

삼촌이 카운터에 사진을 뒀다.

무슨 일인가 싶어서 테츠히코가 확인해보니 중년 남녀가 찍혀 있었다.

본 적 없는 얼굴이었다. ……그렇지만 어딘가 낯이 익은 것 같기도?

"이게 누군데."

"모모사카 마리아의 부모야."

"──!"

마리아는 초등학교 시절에 막 중학교를 졸업한 언니를 따라 부모에게서 도망쳤다는 과거가 있었다.

그 과거가 지금에 와서 나타났다는 건가……?

삼촌은 담담하게 말했다.

"테츠히코, 모모사카 마리아를 지켜라. 다음으로 노려지는 건── 그 애니까."

작가 후기

안녕하세요, 니마루입니다!

이 책이 나왔을 때 소꿉패배에 관한 무척 커다란 발표가 있을 것……이라는 이야기를 들었습니다만 이 문장을 적고 있는 시점에서는 아직 후기에서 언급하지 말아 달라고 하셔서 그 이야기는 6권에서 언급하겠습니다!

그러므로 여기서 공표해도 괜찮다고 한 정보인데, 소꿉패배 6권&만화판 2권 발매 시의 한정판 특전으로 드라마CD가 결정되었습니다! 아싸! 첫 드라마CD다!

소설과 만화가 각기 다른 드라마CD이므로 2종류가 있습니다! 실수하지 마시길!

내용을 여기서 말해도 될지 알 수 없으므로 생략합니다만, '호오~ 그렇구만, 그걸 하는 건가.' 하고 말해주실만한 내용이 되었으리라고 생각합니다.

소꿉패배는 정신없이 여러 가지 일이 정해져서 이젠 무엇을 말해도 될지 알 수 없다는 상황이네요. 빨리 이야기하고 싶습니다!

굿즈도 여러 가지를 만들어주셨는데 호평이어서 종류를 더욱 늘리게 되었습니다! 쿠로하의 등신대(148cm) 태피스트리 같은 건 꽤 값이 나가서 사주시는 분이 계실까 싶긴 합니다만 시구레 우이 선생님의 그림이니 괜찮겠지, 라며 묘하게 낙관하고 있기도 합니다.

그리고 저번 권에서는 후기를 적은 뒤여서 언급하지 못했는데 소꿉친구가 절대로 지지 않는 러브 코미디 공식 트위터가 개설되었습니다!(@osamake_project) 매주 수요일은 톤모우 선생님(@tonmoh)이 「#수요일의 소꿉패배」라는 기획으로 일러스트를 그려주시고, 각종 정보도 우선 공식 트위터에서 발표되고 있습니다! PV 성우분의 사인 색지 선물 등의 멋진 기획도 실시하고 있으니 소꿉패배의 정보를 놓치고 싶지 않으신 분은 니마루의 트위터나 공식 트위터를 팔로우해주세요!

……어라, 후기인데 광고지 같은 내용이 되어버렸는데? —— 하지만 그게 좋은 거겠죠?

코로나로 어두운 화제가 많아서 즐거운 화제로 가득 채울 수 있는 건 정말로 행복한 일입니다. 개인적으로 엔터테인먼트는 마음의 의사 같은 거라고 생각합니다. 저도 만화와 애니와 소설에 구원받아왔습니다. 지금 그 한편에 있는 한 사람으로서 소꿉패배가 여러분의 마음을 조금이라도 밝고 즐겁게 해주는 계기의 하나가 되면 좋겠다고 생각합니다.

마지막으로 응원해주시는 여러분, 편집자인 쿠로카와 님, 오노데라 님, 일러스트의 시구레 우이 님, 정말로 감사합니다! 그리고 지금 읽어주고 계신 분들도 6권에서 다시 만나 뵐 수 있다면 기쁘겠습니다!

2020년 8월 니마루 슈이치

당혹하고 두려워하면서도 마리아는
사랑하는 이들을 지키기 위해 싸울 결의를 했다.

그리고 군청 동맹 앞에 나타난 새로운 적.

【현역 톱 아이돌】

일본인과 필란드인 혼혈인 그녀는
평범한 톱 아이돌이 아니었다.
압도적인 가창력으로 모든 이를 매료시키는
진짜 디바이기도 했다.

그녀의 팬은 말했다.
"오랜만에 나타난 지고의 솔로 아이돌."
"혼혈 요정."

어릴 적부터 영재 교육을 받고
하디 슌의 이상을 구현한
스타 중의 스타이자
일종의 괴물.

연예계의 신동.

NEXT

SHUICHI NIMARU PRESENTS

VOLUME

아무리 강하고 듬직하게 보이는 사람이라도

한 번 뿌리박힌 공포는 쉽게 떨쳐내지 못한다.

모모사카 마리아에게 있어서 부모란 그런 존재였다.

마리아와는 다른 방면에서 활약하던 그녀가

하디 순과 콤비를 재결성하여

대학교 축제 이벤트 의뢰를 받으나 군청 동맹 멤버와 마주하게 된다.

「지금까지 분했어요.

당신보다 데뷔가 늦어서 승부를 겨룰 수 없었으니까요.

하지만 마침내 만났어요. 마루 스에하루 씨,

당신의 진짜 실력을——보여주시겠어요?」

승부는 연극. 모든 것은 무대 위에서 결판이 난다.

툰아이돌을 상대로 스에하루와 마리아에게 승산은 있을 것인가?

마리아를 지킬 수 있을 것인가?

그리고 승부의 결과는——?

긴박한 상황에
고민하는 마리아와
최강의 자객편!

소꿉친구가
절대로 지지 않는 러브 코미디

6
VOLUME:SIX

곧 발매 예정!

소꿉친구가 절대로 지지 않는 러브 코미디 5

2022년 02월 25일 제1판 인쇄
2022년 03월 02일 제1쇄 발행

지음 니마루 슈이치 | **일러스트** 시구레 우이

옮김 김민준

발행 영상출판미디어(주)
등록번호 제 2002-000003호
주소 21315 인천광역시 부평구 부평대로 283 A동 702호
전화 032-505-2973(代) | FAX 032-505-2982

ISBN 979-11-380-1072-6
ISBN 979-11-6625-686-8 (세트)

OSANANAJIMI GA ZETTAI NI MAKENAI LOVE COMEDY Vol.5
ⓒShuichi Nimaru 2020
Edited by 전격문고
First published in Japan in 2020 by KADOKAWA CORPORATION, Tokyo.
Korean translation rights arranged with KADOKAWA CORPORATION, Tokyo.
through Korea Copyright Center Inc.

구매 시 파손된 도서는 구매처에서 교환하실 수 있습니다.
기타 불편사항, 문의사항이 있으신 독자님께서는 노블엔진 홈페이지
[http://novelengine.com] 에서 Q&A 게시판을 이용해 주시기 바랍니다.

 노블엔진(NOVEL ENGINE)은 영상출판미디어(주)의 라이트노벨 및 관련서적 브랜드입니다.